Only Sense Online

온리 센스 온라인 16

루카토 Lucato

토우토비 Toutobi

"공 씨, 인타하가

퀴오넬 K

"......자는 ↑없는
라오지 못하지만,
담임이 가까워

온리 센스 온라인
16

아로하자초 지음 | **유키상** 일러스트 | **천선필** 옮김

SNOVEL

커버 그림, 본문 일러스트 | **유키상**

Only Sense Online
외딴 섬과 보물찾기 전편

Only Sense
온리 센스 온라인
Online 16

공룡평원

도등화 나무

폐촌

비룡산맥

호리어 동굴

크리스 동굴

제2마을

어두운 숲

묘지

호수

바다

윤 Yun

최고로 인기 없는 무기 [활]을 택해버린 초심자 플레이어. 수습 생산직으로서 부가 마법이나 아이템 생산의 가능성을 깨닫기 시작하고————

뮤우 Myu

윤의 리얼 여동생. 한 손 검과 광 마법을 다루는 성기사로 완전 전위형. 베타판에서는 전설이 될 정도의 치트급 플레이어.

마기 Magi

톱 생산직 중 한 명으로 플레이어들 중에서도 유명한 무기 장인. 윤의 든든한 선배로 충고를 해준다.

세이 Sei

윤의 리얼 누나. 베타판부터 플레이어한 최강 클래스의 마법사. 수 속성을 주로 다루고 모든 등급의 마법을 구사한다.

타쿠 Taku

윤을 OSO로 끌어들인 장본인. 한 손 검을 다루고 경갑옷을 장비하는 검사. 공략에 애쓰는 정통파 플레이어.

클로드 Cloude

재봉사. 톱 생산직 중 한 명으로 의복류 장비품 가게의 주인. 윤이나 마기의 오리지널 장비 클로드 시리즈를 만들었다.

리리 Lyly

톱 생산직 중 한 명으로 일류 목공 기술자. 지팡이나 활 등의 수제 장비는 많은 플레이어에게 인기를 얻고 있다.

서장 갤리온과 해안 에리어

화끈한 열기를 내뿜고 있는 화로 앞에서 나는 정신을 집중하며 운성강 해머를 휘두르고 있었다.

예전에 사용했던 흑철제 해머보다 매우 편하게 미스릴 주괴를 가공할 수 있게 되었다.

나는 그 미스릴 주괴를 작은 금속 조각으로 잘라 나누었다.

"이 정도만 있으면 충분하려나? 뭐, 너무 많아서 곤란할 일은 없으니 괜찮겠지."

남으면 [액막이 결계 조각]의 소재로도 쓸 수 있고, 금속 조각들을 연결하면 액세서리로도 쓸 수 있으니 낭비하게 되진 않을 것이다.

이번에는 어떤 것을 만들기 위해 금속 조각을 가늘고 길게, 그리고 동그랗게, 많이 만들 필요가 있었다.

"휴우, 덥네. 피곤하다~."

가공한 다음 열기가 빠진 미스릴 금속 조각을 담아둔 상자에 손을 집어넣자 금속 조각이 잘그락거리며 부딪히는 소리가 들렸다.

나는 이마에 난 땀을 닦고 옆에 놓아둔 내열 효과 부여용 쿨 드링크를 마시며 숨을 돌렸다.

"그건 그렇고 [마도로]의 열기는 뜨겁네."

방어구인 오커 크리에이터의 옷깃을 잡고 팔랑거리며 바

11

람을 부치면서 [마도로]를 바라보았다.

골든 위크 때 대규모 원정── 그 성과로 상위 화로인 [마도로]를 발견했다.

[마도로]를 설치하려면 입수하기 힘든 소재가 필요했고, 원정 마지막 날에 깜짝 선물로 나와 마기 씨가 받게 되었다.

하지만 자잘한 범용 소재는 직접 조금씩 준비할 필요가 있었다.

그리고 얼마 전에 모든 소재를 모아서 [아트리엘]에 [마도로]를 설치할 수 있었다.

그에 맞춰 나보다 먼저 마도로를 설치한 마기 씨에게 부탁해서 운성강 해머를 새로 맞췄다.

예전에 쓰던 [마법로]에 비해 [마도로]는 높은 화력을 유지하기가 쉬웠기에 운성강 해머를 같이 쓰게 되니 미스릴을 가공하는 게 더 쉬워졌다.

그 대신 [마도로]에서 새어 나오는 열기 때문에 [열기 대미지]를 입기도 쉬워졌기에 주의할 필요가 있는 생산 설비다.

그 [마도로]로 처음 만들고 있는 것이 이 미스릴 금속 조각이다.

"사실 목재로도 만들고 싶긴 했지만, 시간이 없으니까 간단한 거라도 상관없겠지."

나는 혼잣말을 중얼거리면서 미스릴 금속 조각이 들어 있는 상자를 작업대로 옮겼다.

"자, 지금부터가 진짜야."

좀 전에 만든 길고 가는 미스릴 금속 조각 양쪽 끝에 작은 구멍을 뚫고 표면이 빛을 반사할 정도로 연마한 뒤 구멍에 별도로 만들어 두었던 갈고리와 쇠 장식을 달기 시작했다.

마지막으로 [조금] 스킬의 《컬러링》을 사용해서 미스릴 금속 조각 양쪽 끄트머리에 선을 한 줄기 그었다.

선명한 녹색과 분홍색, 검은색 등의 색을 넣어 완성된 물건을 상자에 넣었다.

"좋았어, 이 정도면 되겠지?"

예비까지 포함해서 한 명당 세 개씩 잡고 만든 금속 소품이 들어 있는 상자를 인벤토리에 넣은 다음 자잘한 작업을 계속 해서 뭉친 몸을 풀었다.

그리고 일어서서 [아트리엘] 공방을 둘러보았다.

"휴우……, 너무 심하게 질러버렸네."

나는 [마도로]를 설치하면서 그만큼 확장한 공방을 보고 몇 번째인지 모를 한숨을 쉬었다.

[대장]과 [조합], [연금]과 [합성] 등, 생산 분야별로 공간이 각각 넓어졌고, 요리 도구를 걸어두는 선반을 새로 만들었기에 확장한 공방은 지금까지보다 더 쓰기 편해졌다.

그리고 그만큼 [아트리엘] 점포 쪽도 넓어졌다. 그쪽으로 이동했다.

"[마도로]를 설치하고 [아트리엘] 확장공사, 밭을 증설하는데 필요한 금액이 3000만 G란 말이지."

[마도로]를 설치하는 금액만 따지면 1000만 G였다.

하지만 이왕 하는 김에, 그렇게 생각하고 여러 가지를 증설하고 새로 맞춘 결과, 단기간만에 3000만 G라는 거금을 쓰게 되었다.

지금까지 꾸준하게 포션을 팔아서 돈을 모았기에 [아트리엘]의 운영비에는 손을 대지 않고 개인적인 소지금으로 메꿀 수 있었지만, 그래도 출혈이 크긴 하다.

"그래도! 응! 넓어서 좋은데!"

[아트리엘] 점포를 확장하면서 샘플 포션이나 소모품을 놓는 선반을 크게 키운 것뿐만이 아니라 벽쪽 공간에는 빈 쇼케이스도 놓았다.

"마기 씨 같은 사람들의 조언을 듣고 만들어 보긴 했는데, 팔 수 있을까?"

1년 정도 OSO를 즐기고 조금씩이나마 [조금] 센스를 키워서 나름대로 액세서리를 만들어왔다.

지금까지는 아는 사람들이 부탁할 때나 마음 내킬 때 액세서리를 만들어서 주곤 했지만, 파는 경우는 거의 없었다.

그러자 내가 만든 액세서리가 어떤 것인지 알고 있는 마기 씨와 길드 [팔백만]의 오토나시, 랑그레이가 아깝다면서 팔라고 권했다.

그래서 [아트리엘] 점포를 확장할 때 액세서리를 전시할 쇼케이스를 놓기로 한 것이다.

하지만 아직 액세서리를 장식하지 않아서 왠지 살풍경했다.

"우선 금속 계열하고 구멍 뚫린 구슬 계열, 그리고 뼈 계열 액세서리를 몇 개 골라볼까. 그리고 소품 같은 것들도."

나는 그렇게 중얼거린 다음, [공방]에 보관해둔 액세서리와 소품들을 골라 가격을 매긴 뒤 쇼케이스에 전시했다.

그렇게 액세서리를 늘어놓고 있자니 점점 신이 났기에 전시하는 방식을 신경 쓰면서 액세서리를 장식해 나갔다.

연마한 보석이나 내가 만든 구멍 뚫린 구슬, 그리고 유리구슬 같은 소재에 가격을 매기고 쇼케이스에 늘어놓으면서 장식을 즐겼다.

"음~. 좋았어, 이 정도면 되겠지?"

쇼케이스의 배치를 정하고 액세서리 장식을 끝냈을 때, [아트리엘]의 입구가 열렸고 인사하는 목소리가 들려서 돌아보았다.

"윤 군, 안녕. 가게를 확장했다면서?"

"아, 마기 씨. 어서 오세요. 마침 방금 쇼케이스에 액세서리를 장식하던 참이었어요."

[아트리엘]에 온 사람은 대장장이인 마기 씨였다.

마기 씨는 전보다 넓어졌지만 분위기는 여전한 가게 안을 둘러보고 소리를 내며 감탄했다.

"꽤 많이 넓어졌구나. 그리고 식물도 늘었어?"

"네, 놔둘 곳이 많아져서 화분 같은 걸 놓았어요."

[아트리엘]에 딸린 유리 하우스 온실에서 화분과 플랜터로 재배하던 식물 일부를 가게 안으로 옮겼다.

감상용이긴 하지만 소재 아이템으로 수확할 수도 있다.

"왠지 점점 윤 군답게 치유되는 공간이 되어가는 것 같아."

"감사합니다."

"그리고 쇼케이스도 들여서 액세서리를 판다는 거지. 내가 한 조언을 받아들였구나! 누나는 기뻐!"

좀 전까지 배치를 고려하던 쇼케이스를 들여다본 마기 씨는 기뻐하며 액세서리를 바라본 뒤 내 얼굴을 바라보았다.

"윤 군은 미스릴을 가공할 수 있는 실력이 있으니까 팔지 않는 건 아깝다는 생각이 들었거든."

"아하하하, 뭐, 그걸로 장사할 생각은 없기도 했고 개인적인 취미였으니까요."

나는 쓴웃음을 지으면서 뒤통수를 긁었다.

"오히려 나한테 액세서리 제작 의뢰가 너무 많이 들어와서 나누었으면 할 정도인데."

저번에 [조금] 생산 분야가 겹친다는 이야기를 농담처럼 했는데, 지금은 그런 농담을 할 필요가 없을 정도로 OSO의 액세서리 수요——, 특히 미스릴 같은 액세서리의 수요가 커졌다.

"아, 이 액세서리는 귀엽고 싸네. 그리고 이 유리구슬도 예뻐. 윤 군, 이거 살 수 있어?"

"네. 잠깐만요."

나는 쇼케이스를 열고 마기 씨가 손가락으로 가리킨 미스릴 액세서리와 장식 소재인 유리구슬을 꺼내며 마기 씨와 계속 이야기를 나누었다.

"윤 군, 이 가게를 확장하면서 돈은 얼마나 썼어?"

"음……, 3000만 G 정도요."

"그럼 미스릴 액세서리를 2~30개 정도 팔면 여유롭게 본전은 찾겠네."

나는 마기 씨가 고른 미스릴 액세서리와 장식 소재를 건네고 돈을 받았다.

그때 받은 돈이 160만 G였기에 단순 계산으로는 그럴 것 같다며 살짝 쓴웃음을 지었다.

"그렇게 일이 잘 풀릴까요?"

"풀릴 거야. 내가 장담할게. 무조건 팔려."

[아트리옐]의 상품 중에서 가장 가격이 비싼 소모품은 소생약이지만, 요즘에는 소생약을 만드는 사람이 늘어서 사려는 플레이어들이 조금씩 줄어들고 있다.

그에 비해 미스릴 액세서리 수요는 크고 상황에 맞춰 필요한 추가 효과도 다르기에 한동안은 사려는 플레이어가 줄어들지 않을 거라는 모양이다.

하지만──.

"역시 저는 [조합] 계열 생산직이니까 마음 내키면 내놓는 정도로만 할래요."

"윤 군은 정말 욕심이 없구나."

내가 한 대답을 듣고 쓴웃음을 지은 마기 씨는 한순간 다른 곳으로 눈길을 돌렸다.

메뉴 같은 걸로 시간을 확인한 것 같다.

"응. 슬슬 시간이 되었구나. 윤 군, 가자."

"그래요. 이쪽으로 오세요."

나는 마기 씨를 [아트리엘] 공방에 설치해둔 전이용 미니 포탈로 안내했다.

그때 마기 씨가 설치된 [마도로]를 보았다.

"윤 군은 [마도로]로 만든 거 있어?"

"저는 미스릴제 소품을 좀 만들었어요."

내가 좀 전에 만들어서 연마한 미스릴 금속 조각에 쇠장식과 갈고리를 단 것을 하나 꺼내서 보여주자 마기 씨가 뭔지 알겠다는 듯이 말했다.

"아~, 오늘을 위해서 만든 거구나. 참고로 나는 아다만타이트 검하고 갑옷을 만들었어."

먼저 [마도로]를 도입해서 대장간 일을 하던 마기 씨가 가공 난이도가 높은 광석인 아다만타이트를 가공했다는 이야기를 듣고 나는 솔직하게 칭찬했다.

"마기 씨, 대단하시네요! 아다만타이트 무기하고 방어구 완성, 축하드려요!"

"고마워, 윤 군. 그리고 나도 [마도로]를 써서 오늘을 위해 만든 게 있지."

그 말을 들은 나와 마기 씨는 말없이 미소를 지었다.

"그럼 슬슬 미니 포탈로 이동할까요."

"그래. 윤 군, 부탁할게."

"네──."

나는 미니 포탈을 조작해서 예전에 가본 적이 있는 포탈을 선택하고 마기 씨와 함께 전이했다.

●

미니 포탈로 전이한 곳에는 넓은 바다와 모래사장이 펼쳐져 있었다.

푸른 바다와 하얀 모래사장, 잔잔한 파도가 밀려오는 소리, 그리고 내리쬐는 햇빛을 손으로 가렸다.

"휴우, [마도로] 앞에 있을 때하고는 다른 더위네."

공방에 고이는 듯한 더위와는 달리 뜨거운 햇빛의 따끔거리는 듯한 더위 때문에 혀를 내둘렀다.

주괴를 가공할 때 마셨던 쿨 드링크 내열 효과가 아직 남아있기 때문에 [열기] 대미지로 인해 HP가 줄어들지는 않았다.

하지만 효과가 사라지면 HP가 천천히 줄어들 것이다.

"저번에 왔을 때는 이렇게 덥지 않았는데."

"그건 윤 군이 여기 왔을 때 [냉기 대미지]가 전개되던 시기였기 때문 아닐까?"

"아, 그렇구나."

[냉기 대미지]가 업데이트되고 반년 동안 넓은 범위에 전개된 뒤에 [냉기 대미지]의 전개가 해제되었다.

그렇게 OSO가 반년 동안 변한 것들을 돌아보면서 고개

19

를 끄덕였다.

나는 마기 씨와 나란히 모래사장을 걸어가며 활기가 넘치는 목소리가 들리는 쪽으로 다가갔다.

"이봐~! 왔다고~!"

"얘들아~! 고생 많았어~!"

나와 마기 씨가 손을 흔들며 바라본 곳에는 나무로 지은 단층 건물과 갤리온 한 척이 해변에 정박해 있었다.

그곳에는 시원한 옷차림인 플레이어들이 단층 건물 처마 아래에서 쉬고 있었고, 갤리온에서 작업하던 플레이어들도 잠시 멈췄다.

"윤찌! 마기찌! 어서 와!"

갤리온 돛대의 파수대에서 고개를 쏙 내민 리리는 몸을 크게 내밀고 나와 마기 씨에게 손을 흔들었다.

그렇게 위험한 모습을 아래에서 올려다보던 나는 가슴이 벌렁거렸다.

"리리! 위험해! 위험하다니까!"

"괜찮다니……, 어? 으아앗?!"

"꺄악?! 리리!"

갑작스러운 바닷바람 때문에 리리의 몸이 흔들렸고, 돛대의 파수대에서 미끄러져 떨어졌다.

옆에서 마기 씨가 비명을 지르자 나는 갑판으로 떨어지는 리리에게 손을 뻗었다.

"크윽?! ──《키네시스》!"

[하늘의 눈]으로 낙하하는 리리를 표적으로 지정한 뒤 [염동] 스킬로 낙하를 막으려 했다.

하지만 리리가 낙하하는 기세가 한순간 약해질뿐이었다.

그래도 리리가 다치지 않게끔 《키네시스》를 연달아 사용했다.

리리가 떨어지는 기세가 약해지긴 했지만, 완전히 기세가 죽지 않아서 이제 틀렸다 싶었을 때——.

"어이쿠, 월척 한 마리 잡았다아아아아!"

갑판에 떨어지기 직전, 리리의 몸이 마치 누군가가 목덜미를 잡아챈 것처럼 솟구쳤다.

그리고 리리는 깜짝 놀란 표정을 지은 채 갑판 몇 미터 상공에 정지한 뒤 천천히 내려왔다.

"리리! 괜찮아?"

내려온 리리의 옷깃을 보니 낚시바늘 같은 게 걸려 있었고, 그 끄트머리에는 금속 실이 묶여 있었다.

나와 마기 씨가 금속 실을 눈으로 따라가보니 낚싯대를 들고 알로하 셔츠 차림에 고글을 낀 남자 플레이어가 있었다.

"앗! 시치후쿠찌! 구해줬구나! 고마워!"

"뭣한다고 그리 위험한 짓을 해싼당가? 우리 두목이 다치믄 동료들이 슬퍼할 것인디!"

눈앞에 있는 해변에 정박해 있는 갤리온의 오너이자 길드 [OSO 어업조합]의 길드 마스터인 시치후쿠가 화를 내면서 낚싯대를 살짝 흔들어 리리의 옷에 걸려 있던 낚시바늘을 떼어낸 다음 리리에게 다가갔다.

"그라고, 떨어지던 기세가 약해져가꼬 내 낚싯대로 잡을 수 있었던 거여. 윤이 도와주지 않았으믄 갑판에 충돌했것 제. 그라니께 고맙다고 인사하고 사과해야 쓰것어."

"그렇지. ……윤 찌, 구해줘서 고마워. 그리고 두 사람에 게 걱정을 끼쳐서 미안해."

시치후쿠에게 혼난 리리는 나와 마기 씨에게 고개를 숙이 며 사과했다.

솔직히 떨어졌을 때는 간담이 서늘해졌지만, 무사해서 안 심했다.

"리리. 부탁이니까 우리가 걱정하지 않게 해줘."

"맞아. 그리고 안전 대책도 없이 돛대에 올라가 있었지? 등 산용 도구를 응용하면 낙하를 방지할 수 있으니까 준비해두 는 게 낫겠어. 아니, 이왕 이렇게 되었으니 만들어버릴까!"

나와 마기 씨는 걱정이 되는 리리를 신경 쓰면서 어떻게 하면 갤리온을 안전하게 운용할 수 있을지 리리의 머리 너 머로 이야기를 나누었다.

나와 마기 씨에게 걱정을 끼쳐서 미안했는지 리리는 우리가 이야기를 하는데 끼어들지도 못하고 몸을 움츠리고 있었다.

그런 와중에 나와 마기 씨를 말리는 플레이어가 나타났다.

"이제 그 정도면 충분할 텐데. 원래 목적을 잊지 마라."

바다 쪽에서 목소리가 들렸기에 돌아보니 바다 쪽에서 톱 생산직 중 한 명인 재봉사 클로드가 올라왔다.

방금까지 헤엄치고 있었는지 젖은 머리카락을 쓸어올리고 딱 달라붙는 부메랑 팬티 차림으로 나타났다.

그 충격적인 모습을 본 나와 마기 씨는 리리를 걱정하던 마음이나 갤리온의 안전 대책에 대한 생각을 한순간 잊어버렸다.

"저기……, 클로드. 그 차림새는 뭐야?"

"갤리온을 타고 가다 바다 한가운데에 빠졌을 때 아무런 대책도 없으면 그대로 물속으로 가라앉을 테니까. 우선 [수영] 센스를 취득해서 헤엄치고 있었다."

클로드는 그렇게 말하며 팔짱을 끼고 으스댔지만, 그 포즈 때문에 부메랑 팬티에 더 의식이 쏠리게 되어버렸다.

"아무리 그렇다고……, 나나 윤 군도 있으니까 노출이 좀 덜한 수영복을 입어줘. 나중에 수영복을 입고 놀 여자애들도 올 테니까."

클로드에게서 눈을 돌린 마기 씨가 한 말을 듣고 나도 맞장구를 치며 고개를 끄덕였다.

나중에 뮤우와 세이 누나, 그리고 알고 지내는 여자 플레이어들도 해안에 모일 테니 신경을 써줬으면 좋겠다.

"수영복 방어구는 [내열 효과]를 부여하기 편한데. 어쩔 수 없지. 그럼 다들 숨 좀 돌릴까."

클로드는 메뉴를 조작해서 순식간에 장비를 일반적인 남자 수영복에 시원해보이는 셔츠를 걸친 모습으로 바꾸었다.

"쉴 거면 우리가 지은 [바다의 집]을 써줘!"

시치후쿠네 [OSO 어업조합] 멤버들은 갤리온을 만들기 위해 [목공] 센스를 취득한 다음 리리에게 지도를 받고 있었다.

그리고 지금은 [목공] 센스의 레벨이 올라서 목조 단층 건물을 지을 수 있을 정도로 성장했다.

"자, 들어와! 들어와! 아직 인테리어 같은 건 없지만은 않으랑께!"

시키후쿠는 휑한 단층 건물 안에 있는 테이블과 의자를 가지고 와서 앉은 뒤 우리에게도 권했다.

그러자 쉬고 있던 [OSO 어업조합] 멤버들이 돌아봐서 시선이 한데 모인 가운데, 시치후쿠가 등을 쭉 피고 우리를 돌아보았다.

"덕분에 톱 생산직 분들 힘을 빌려가꼬 꿈꾸던 대형 어선을 만들 수 있었당께요. 참말로 감사합니다잉!"

고개를 크게 숙인 시치후쿠를 보고 마기 씨가 대표로 입을 열었다.

"우리도 여러모로 귀중한 경험을 할 수 있었어. 그리고 오늘 모인 건 조금 이르긴 하지만 완성 축하 선물을 주기 위해서야."

마기 씨가 한 말을 듣고 시치후쿠가 고개를 든 뒤에 곤란하다는 듯이 뒤통수를 긁었다.

"아니, 참말로. 우리는 받기만 하는 것 같은디. 물고기를 낚아가꼬 주는 것만으로는 안 되것어."

"그럼 우선 목공사인 나부터! 저번에 약속했던 함수에 달 조각!"

"그다음으로 재봉사인 나는 월척기다. GVG용 군단 아이템을 가져다 쓴 거라 달기만 해도 아군의 스테이터스 상승 같은 효과가 있지."

리리는 함수에 앉아 있는 여자를 조각한 목상, 클로드는 붉은색을 기반으로 가운데에 보물선이 그려진 화려하고 커다란 깃발을 인벤토리에서 꺼냈다.

"오오! 고마운디! 갤리온이 화려해지것어!"

리리와 클로드에게 갤리온의 완성 축하 선물을 받은 시치후쿠는 기뻐했다.

"다음은 우리야. 대장장이인 나는 흑철제 닻을 줄게."

마기 씨가 인벤토리에서 꺼낸 닻은 [바다의 집]의 모래사장 바닥에 떨어졌고, 약간 먼지가 피어올랐다.

마기 씨와 리리, 클로드가 준 선물이 너무 박력있어서 나는 조금 위축되어버렸다.

"자, 윤 군도 줄 선물이 있지?"

"어, 아, 응. 뭐, 나는 별 것 아니지만 각종 포션하고 이거."

[아트리엘]의 상품인 포션 세트와 상자 안에 들어 있던 금속 소품들을 꺼냈다.

내가 시치후쿠의 반응을 살펴보자 그는 기분 좋게 씨익 웃었다.

"고맙당께, 윤. 스푼 아니여? 그라고 새 루어가 이렇게 많이 생겨가꼬 참말로 기쁘네."

내가 무슨 선물을 한 건지 바로 이해해주어서 안심했다.

"시치후쿠네는 [목공] 센스를 가지고 있으니까 목제 루어를 만들 것 같았거든. 그래서 다른 소재로 만들 수 있을 만한 루어를 조사해서 만들어본 거야."

내가 만든 것은 스푼이라 불리는 금속제 루어였다.

원래는 바닥에 떨어뜨린 티 스푼에 물고기가 다가왔다는 이야기에서 유래한 루어의 원조이며, 만드는 게 매우 간단한 루어였다.

"일단 길드 멤버들 한 명 당 세 개씩 가질 수 있게끔 만들어봤어."

"우리 멤버들도 다들 기뻐할 거여. 참말로 고맙다."

기분 좋게 웃는 시치후쿠.

한편, [바다의 집]에서 쉬고 있던 길드 멤버들은 어서 그루어를 달라는 듯한 눈빛으로 시치후쿠를 보고 있었다.

"좋았으! 갤리온에 축하 선물을 설치해불고 모두 함께 낚시하러 가자고! 처녀항해 전에 연회용으로 쓸 고기를 싹 잡아부러!"

┌┌오오!┐┐

나머지 길드 멤버들이 마기 씨의 닻, 리리의 조각과 클로드의 월척기를 옮기기 시작했다.

그리고 마지막으로 남은 시치후쿠가 우리에게 한 마디.

"그라믄 잠깐 낚시 좀 하고 올랑께 여기서 느긋하게 있으라고."

그렇게 말하고 손을 흔들며 가는 시치후쿠의 뒷모습을 바라보았다.

"그럼⋯⋯, 모처럼 바다에 왔으니 그에 맞는 옷차림이 필요하지 않을까?"

"그에 맞는 옷차림?"

시치후쿠를 보낸 뒤 갑자기 클로드가 그렇게 말하자 나는 고개를 살짝 갸웃거렸다.

"저기, 해안 에리어니까 귀여운 수영복 같은 걸 입자는 이야기 아니야?"

마기 씨가 한 설명을 들은 나는 인상을 찌푸렸다.

나는 남자니까 클로드가 입은 것 같은 일반적인 수영복을 입고 싶었기 때문에, 딱히 귀여운 수영복을 원하진 않는다.

"마기와 리리가 입을 건 이미 준비해두었다만, 윤이 어떤 걸 원하는지는 못 들었으니까. 내가 알아서 몇 종류를 만들어 두었지."

"잠깐! 어째서 그렇게 되는 건데!"

내가 따지고 들자 리리가 사이에 끼어들어서 달래기 시작했다.

"윤찌, 진정해. 클로찌가 만든 수영복은 이 더위 속에서 [열기 대미지]를 없애주는 효과도 있어."

수영복의 귀여움 같은 건 제쳐두더라도 실용적인 면을 따지면 [열기 대미지] 대책은 필요하다.

"그리고 뮤우찌나 세이찌 같은 사람들도 갤리온을 선보이는 행사를 보러 오는데 윤찌만 수영복을 입지 않는다면 어떻게 될 것 같아?"

"그, 그야……."

뮤우와 세이 누나, 다른 플레이어들 중에는 여름에 대비해서 수영복을 준비한 사람들이 많았던 것 같다.

그런 와중에 수영복을 준비하지 않은 나를 보고 신이 나서 이것저것 입히려 할 미래가 눈에 선했다.

"왜 그렇게 싫어하는 거냐! 가슴 때문이냐? 가슴이 작아서 그런 거냐?"

"클로드! 성희롱이야!"

클로드가 한 말을 듣고 내가 옷깃을 손으로 잡으며 몸을 가리자 마기 씨가 주먹으로 클로드의 발언을 물리적으로 막았다.

"윤 군이 귀여운 옷을 껄끄러워한다는 건 알고 있으니까 무리하지 않아도 돼."

"마기 씨……"

"뭐, 윤 군하고 바다에서 노는 걸 기대하고 있었으니 조금 아쉽긴 하지만."

마기 씨는 쓴웃음을 지으면서도 왠지 쓸쓸해 보이는 표정을 지었다.

"……너무 이상한 수영복은 안 고를 거야."

"어? 그럼 수영복을 입으려고?"

마기 씨를 보니 내 오기가 흔들렸고, 결국에는 꺾여버렸다.

내 말을 듣자 마기 씨의 표정이 확 밝아졌고, 클로드는 씨익 웃고 있었다.

"크크크, 지금까지 경향으로 윤이 좋아할 만한 수영복을 만들어두었지!"

그리고 클로드는 바로 수영복 몇 벌을 꺼내 내게 보여주었다.

"으……, 이거, 디자인이 심플하긴 하지만, 좀…….."

"그래? 전부 윤찌에게 어울릴 것 같은데."

선수용 수영복이나 심플하게 프릴이 달린 원피스 수영복, 치마가 달린 레오타드풍 수영복 등, 역시 여자 같은 느낌이 드는 디자인이라 거부감이 강하다.

그밖에도 검은색 비키니 같은 게 섞여 있기도 해서 내 얼굴이 뜨거워지는 게 느껴졌다.

"안 돼! 안 돼! 전부 다 안 돼! 창피해!"

"그럼 이건 어때?"

전부 거부감이 드는 와중에 마기 씨가 어떤 수영복을 들어올렸다.

나는 그것을 들고 지긋이 살펴보았다.

"응! 이거야! 이 정도면 돼!"

"그 수영복 말이냐? 윤 취향이긴 하겠지만……, 귀여움은 없는데."

클로드가 조금 난색을 표했지만, 나는 귀여움보다 실용적

이고 노출이 적은 수영복, 그리고 창피하지 않은 수영복이
필요하다.

"그, 그리고……."

"뭐지?"

"이것도 창피하긴 하니까 위에 걸칠 파카도 주세요."

수영복을 들고 고개를 숙인 나를 본 클로드는 어이가 없
다는 듯이 파카를 한 벌 맞춰주기로 약속했다.

1장   수영복과 처녀항해

잔잔한 파도가 끊임없이 밀려오는 해안 에리어.

그날은 길드 [OSO 어업조합]의 갤리온을 선보이고 첫 항해를 하는 날이었기에 시치후쿠네 길드 멤버들은 바쁘게 움직이고 있었다.

출항 준비, 낚시와 잠수, 해안의 식재료 모으기, 모은 재료로 바비큐 같은 요리를 각각 분담해서 진행하고 있었다.

"나도 뭘 좀 도울까?"

"윤, 니는 손님이여. 그라고 갤리온을 만들 때 여러모로 신세를 졌으니께 뭘 더 해달라고 할 수는 없제."

나도 바비큐 준비를 도울까 해서 시치후쿠에게 말해보니 물고기를 손질하면서 거절했다.

"한가하믄 근처에 산책이라도 다녀오지 그려? 너무 다른 사람만 신경 쓰다가 못 놀면 손해여."

"그럼 산책하면서 생산하는데 써먹을 만한 소재라도 찾아볼까?"

나는 시치후쿠가 말한 대로 센스 스테이터스를 확인하면서 파도치는 바닷가로 걸어갔다.

소지 SP 36

[장궁 Lv45] [마궁 Lv30] [하늘의 눈 Lv32] [간파 Lv42]
[물리공격 상승 Lv30] [준족 Lv35] [마도 Lv37] [부가술사 Lv15]
[조금 Lv50] [요리인 Lv23] [조교 Lv43] [수영 Lv18]

대기
[활 Lv55] [대지속성 재능 Lv21] [염동 Lv15] [조약사 Lv31]
[연성 Lv8] [언어학 Lv28] [등산 Lv21] [생산직의 소양 Lv33]
[신체내성 Lv5] [정신내성 Lv15] [잠복 Lv7] [선제의 소양 Lv17]
[급소의 소양 Lv15]

알림
· NEW : [물리공격 상승] 레벨이 30에 도달. 상위 센스 발생.
· NEW : [조금] 레벨이 50에 도달. 상위 센스 발생.

"오, 레벨이 올라서 새로운 센스를 취득할 수 있네."
나는 바로 상위 센스를 취득했다.

소지 SP 31
[장궁 Lv45] [마궁 Lv30] [하늘의 눈 Lv32] [간파 Lv42]
[강력 Lv1] [준족 Lv35] [마도 Lv37] [부가술사 Lv15]
[장식사 Lv1] [요리인 Lv23] [조교 Lv43] [수영 Lv18]

대기

[활 Lv55] [대지속성 재능 Lv21] [염동 Lv15] [조약사 Lv31]

[연성 Lv8] [언어학 Lv28] [등산 Lv21] [생산직의 소양 Lv33]

[신체내성 Lv5] [정신내성 Lv15] [잠복 Lv7] [선제의 소양 Lv17]

[급소의 소양 Lv15]

"뭐, 성장시킨 센스는 나중에 확인하기로 하고. 뤼이, 자쿠로——《소환》!"

나는 인벤토리에서 소환석을 꺼내 사역 MOB인 일각수(유니콘) 뤼이와 공천호 자쿠로를 불러냈다.

"뤼이, 자쿠로. 같이 모래사장을 산책할까?"

내가 제안하자 뤼이와 자쿠로가 고개를 끄덕였고, 함께 모래사장을 걸어갔다.

"오, 예쁜 조개껍질이네. 액세서리에 써먹을 수 있을 것 같아. 그리고 나뭇가지나 해초도 떠밀려왔네."

나뭇가지는 가공하면 세공용 목재가 되고, 해초도 요리나 포션 소재로 써먹을 수 있을지 모르기 때문에 모았다.

『뀨우, 뀨우뀨우.』

자쿠로는 까만 모피로 뒤덮여 있어서 뜨거운 햇빛 때문에 열기가 고이는지 바닷가쪽으로 다가가서 밀려드는 파도에 발을 적시며 몸을 식히고 있었다.

뤼이는 물마법을 사용할 수 있기에 몸에서 은은하게 냉기를 뿜어내며 아무렇지도 않게 모래사장을 씩씩하게 걸어가고 있었다.

　나는 신이 나서 산책 겸 소재 수집을 하다가 더위 때문에 이마에 난 땀을 닦고 태양을 올려다보았다.

　"그건 그렇고 덥네……, 하복 오커 크리에이터를 계속 입고 있으니 더 더운 것 같아……."

　검은색 기반이기 때문에 자쿠로의 모피와 마찬가지로 열기가 고여서 몸이 뜨거워졌다.

　쿨드링크를 마셔서 [열기 대미지]를 대비해야겠다, 그렇게 생각한 내게 뤼이가 몸을 비벼댔다.

　"뤼이, 왜 그래? 아, 몸이 차갑네. 기분 좋다."

　내가 뤼이에게 다가가서 갈기를 손으로 빗어주니 시원한 공기와 부드러운 갈기의 질감이 느껴져서 평소보다 시원하고 기분이 좋은 것 같았다.

　"자, 해안 끝까지 산책했으니까 슬슬 돌아갈까?"

　바닷가에서 파도를 즐기고 있던 자쿠로를 부르자 나와 뤼이가 있는 쪽으로 달려왔다.

　그런데 발바닥이 바닷물로 젖은 상황에서도 하얀 모래사장이 뜨거웠는지 급하게 내 품속으로 뛰어들었다.

　"으앗, 아, 발바닥이 뜨거웠구나. 돌아갈 때는 내가 안고 갈까?"

　나는 자쿠로를 안고 [바다의 집]으로 돌아왔다.

그리고 우리가 모래사장을 걸어서 [바다의 집]으로 돌아오자 정면에 있는 모래사장에서 뮤우 일행의 즐거운 목소리가 들렸다.

"앗, 윤 언니다! 여기야~!"

산책하고 돌아온 내게 뮤우가 손을 흔들며 다가왔다.

"뮤우, 왔구나."

"응, 방금 왔어! 그런데 윤 언니, 어때? 다들 수영복을 골랐어! 귀엽지!"

뮤우는 하얀색 기반인 귀여운 수영복을 내게 보여주려는 듯이 가슴을 폈다.

"응. 괜찮지 않나? 어울리는데."

"앗싸! 앗, 뤼이도 같이 놀자!"

내게 칭찬 받은 뮤우는 기뻐하면서 바로 내 옆에 서 있던 뤼이의 목을 끌어안고 볼을 비벼댔다.

그리고 뤼이는 짜증 난다는 듯이 한숨을 쉬고는 뮤우를 그냥 내버려두었다.

그리고 뮤우 뒤를 따라 [바다의 집] 쪽에서 루카토 일행이 나왔다.

"윤 씨, 안녕하세요."

"아, 다들 안녕. 루카토하고 토우토비, 코하쿠의 수영복은 잘 어울리네."

나는 인사를 나누며 루카토 일행의 수영복을 칭찬했다.

루카토의 수영복은 선수용 수영복처럼 멋진 수영복이었다.

토우토비의 수영복은 진하고 차분한 색 수영복에 자그마한 프릴과 포인트를 주는 리본이 달린 비키니.

코하쿠의 수영복은 심플한 노란색에 비슷한 색 파레오를 치마처럼 허리에 두른 형태였다.

"그리고 히노하고 리레이는, 저기…… 개성적인데."

"고마워! 나는 체형이 어린애 같으니까 루카나 토비 같은 건 안 어울려서 온 힘을 다해 괴짜처럼 해봤어."

"후후후, 감사합니다. 이걸로 여자애들을 뇌쇄시킬 거예요."

히노는 까만 학교 수영복을 입고 있었다.

학교 수영복 가슴에 달린 하얀 이름표에는 '히노'라는 글씨가 크게 적혀 있었다.

그리고 리레이는 검은색 섹시한 계열 비키니를 입고 있어서 어딜 봐야 할지 곤란했다.

"저기, 윤 언니는 수영복 안 입어?"

"저기, 일단 있긴 한데, 딱히 갈아입을 생각은……."

"어? [수영] 센스도 있는데 아깝잖아! 저기, 수영복 입자!"

뤼이에게서 물러난 뮤우는 내 팔을 잡고 몸을 흔들기 시작했다.

"나도 꼭 입어야만 해?"

"바다에서 놀려면 수영복을 입는 게 더 즐거울 것 같은데……, 안 돼?"

뮤우가 고개를 갸웃거리며 묻자 나는 크게 한숨을 쉬었다.

"에휴, 알았어. 그럼 잠깐 알아입고 올 테니까 뤼이하고 자쿠로를 부탁해."

"앗싸! 그럼 기다릴게!"

뮤우가 활짝 웃으며 나를 바라보았고, 나는 얌전히 [바다의 집] 탈의실을 빌려 장비를 전환했다.

클로드가 마련해준 수영복 중에서 그나마 나은 것을 고른 다음, 그 위에 래쉬가드라 불리는 수영할 때 입을 수 있는 파카를 입고 뮤우 일행이 있는 곳으로 돌아왔다.

"……갈아입고 왔어."

"윤 언니, 어서 와. 으, 그런 걸 입고 가리다니. 벗어~! 벗어~!"

"으앗! 잠깐, 알았어! 이것도 벗을게! 벗는다고!"

뮤우가 내 파카를 잡아당겼고, 그 뒤에서 리레이가 좋아요! 그거예요! 라고 하면서 응원하고 있었다.

나는 마지 못해 파카를 벗고 뮤우 일행 앞에서 수영복 차림을 드러냈다.

"이, 이상하지 않아?"

"그게 윤 언니의 수영복이야?"

뮤우의 시선이 위아래로 움직이자 나는 몸을 틀면서 팔로 몸을 가리려 했다.

"탱크톱 수영복이구나. 별로 안 귀여운 것 같아."

클로드에게 받은 수영복은 상하의 일체형인 검은 수영복이었다.

피트니스 수영복의 신축성도 있어서 몸에 딱 달라붙고 기능성도 있다.

그런데 시착도 안해보고 입었기 때문에 생각했던 것보다 밀착감이 강했고, 몸매가 그대로 드러나서 좀 창피한 느낌이 들었다.

"귀엽지 않긴 하지만 윤 씨답다는 느낌은 드네요."

"레저 활동에 어울리는 옷차림이지! 우리하고 마음껏 놀 수 있겠네!"

루카토와 히노가 내 수영복을 칭찬해 주었기에 창피하긴 하지만 조금 기쁘다는 생각도 들었다.

"그럼 같이 놀자! 오늘을 위해서 [수영] 센스도 취득했으니까."

뮤우는 내 손을 잡고 바닷가까지 끌고 갔다.

그리고 그런 나와 뮤우를 훈훈하게 바라보면서 루카토 일행도 따라왔다.

"뮤우. 그래서 뭐하고 놀 건데?"

"아까 시치후쿠 씨가 해안 에리아의 바닷속에 여러 가지 아이템이 있다고 했거든. 그걸 모아서 포인트 경쟁을 하는 건 어떨까?"

"바닷속에 보물상자가 있을 수도 있대!"

뮤우의 설명을 히노가 보충했고, 나도 그 정도면 괜찮겠다며 고개를 끄덕였다.

경쟁 기준은 평범한 돌이나 나뭇가지, 해초 같은 것들은

1포인트, 광석이나 보석 원석 같은 것들은 3포인트.

그리고 보물상자에는 나무, 철, 동, 은, 금, 이렇게 다섯 종류가 있는 것 같았기에 포인트는 10포인트 X 보물상자의 랭크 포인트라는 형식으로 규칙을 정했다.

"그래도 괜찮겠어? [수영] 센스 레벨이 높은 내가 더 유리할 텐데."

"그럼 페어로 득점을 경쟁하는 건 어떨까? 윤 언니는 레벨이 높으니까 핸디캡으로 혼자서 하면 공평하겠지?"

"찬성! 그럼 나는 뮤우하고 같이 할래!"

뮤우의 제안을 듣고 내가 고개를 끄덕이자 곧바로 뮤우와 히노가 페어를 짰다.

"왠지 어렸을 때 수영장에 뿌린 물건을 줍는 놀이를 했던 게 생각나네요."

"……저는 수영을 잘 하진 못하지만, 열심히 할게요."

루카토와 토우토비도 페어를 짰다. 루카토는 어린 시절 생각을 하고 있었고, 토우토비는 조용히 각오를 다지고 있었다.

"그라믄 남은 사람들끼리 페어를 짜야겠제. 내는 시간을 재면서 심판을 볼 거여."

"후후후, 그거 좋네요. 미소녀들이 필사적으로 물속에 있는 아이템을 줍는 모습을 모래사장에서 바라본다. 즐거울 것 같아요."

"니는 좀 진지하게 하란 말이여."

코하쿠와 리레이도 항상 그랬듯이 둘이서 페어를 짰다. 리레이의 변함없는 발언을 듣고 코하쿠가 태클을 걸자 다들 쓴웃음을 지었다.

　"그럼 시작할 거여! ——레디, 고!"

　코하쿠가 신호를 보낸 것과 동시에 뮤우와 히노가 온 힘을 다해 바닷속으로 들어갔다.

　"우리가 1등이야! 보물 상자를 찾자!"

　"찬성! 자, 보물 상자를 모으자!"

　뮤우와 히노가 곧바로 온 힘을 다해 헤엄치기 시작했다.

　"뮤우! 히노! 너무 멀리 가지 마라~! 자, 나도 가볼까."

　나는 멀어져가는 뮤우와 히노에게 그렇게 말한 다음 뒤늦게 바닷속으로 들어갔다.

　물속에서는 뮤우와 히노가 보이지 않았고, 근처에서 루카토와 토우토비가 착실하게 아이템을 모으고 있었다.

　한순간 물속에서 나와 눈을 마주쳤고, 서로 고개를 숙여 인사를 한 뒤 나도 물속에서 아이템을 찾기 시작했다.

　(뮤우는 내게 더 핸디캡을 줘야했어. 내가 생산직이라는 것까지 감안해서.)

　마음속으로 그렇게 중얼거리며 물속을 바라본 내 눈에 루카토와 토우토비가 못 보고 놓친 아이템이 들어왔다.

　[하늘의 눈]의 표적 능력이 숨겨진 채집 아이템을 발견했다.

　그리고 광석을 감정할 수 있는 [장식사] 센스를 가지고 있는 나는 가라앉아 있던 돌 중에서 효율 좋게 3포인트 광석과 보석의 원석만 모으기 시작했다.

(광석 다섯 개, 보석 두 개, 오, 화석도 있네. 이제 24포인트.)

효율 좋게 회수하는 중에 모래 속에 묻혀 있던 커다란 반응을 발견하고 손으로 모래를 털어냈다.

(나무 보물 상자네. 내용물은 뻔하겠지만, 일단 회수할까.)

나는 바닷속에서 나무 보물 상자를 인벤토리에 회수한 다음 숨을 쉬기 위해 해수면 위로 고개를 내민 다음 다시 잠수했다.

보물 상자를 노리는 뮤우 일행과는 달리 나는 꾸준하게 바닷속 모래 안이나 바위 그늘에 숨겨져 있는 광석과 보석을 모아나갔다.

가끔은 점수가 낮지만 포션 소재로 사용할 수 있는 해초도 모았다.

그리고——.

"후후후, 슬슬 끝날 시간이니 돌아오세요!"

리레이의 종료 신호와 동시에 나와 루카토, 토우토비가 해변으로 올라왔다.

그리고 뒤늦게 온 뮤우와 히노도 숨을 헐떡이면서 밝은 표정으로 해변으로 돌아왔다.

"흐흥! 분명히 우리가 1등일 거야!"

"우리는 놀랍게도 보물 상자를 세 개나 발견했으니까!"

그렇게 말하며 인벤토리에 넣어두었던 상자를 우리 눈앞에 있는 모래사장에 내려놓았다.

은 보물 상자 하나가 30포인트, 나무 보물 상자 두 개가 각각 10포인트씩. 모두 합쳐서── 50포인트다.

"뮤우와 히노의 성과는 그게 전부당가? 그라믄 내하고 리레이가 각각 포인트를 계산할 거여."

포인트가 집계되는 동안 뮤우와 히노는 자신만만한 미소를 짓고 있었다.

"결과를 발표할 거여. 일단 윤 씨가 106포인트, 1등이고."

"거짓말?! 윤 언니에게 졌어!"

"후후후, 2등은 77포인트로 루카토 양하고 토비 양이네요."

"뭐어?! 루카하고 토비에게도 졌어!"

포인트가 높은 보물 상자를 모아서 자신이 있었던 뮤우와 히노는 설마하던 꼴찌라는 결과에 충격을 받았다.

"윤 씨가 이긴 이유는 안정적으로 광석하고 보석을 모았다는 거제."

"후후후, 루카토 양하고 토비 양 페어가 이긴 이유는 조개형 MOB이 드롭하는 진주를 노리고 후반에 포인트를 벌었기 때문이고요."

리레이의 설명을 들은 나는 조개형 MOB이 식재료 아이템만 주는 줄 알았는데 이 해안 에리어에서는 진주도 주는구나라고 생각하며 감탄했다.

"한 번 더! 윤 언니, 한 번 더 승부하자!"

그리고 져서 분한 뮤우는 다시 우리에게 승부를 도전했다.

그래서 이번에는 루카토와 토우토비 페어가 코하쿠와 리레이 페어와 교대했다.

그리고 뮤우가 놀다가 지칠 때까지 우리는 계속 헤엄치게 되었다.

●

"으으~, 윤 언니에게 졌어. 이길 수 있을 줄 알았는데."

"자자, 뮤우, 나중에 보물 상자에 뭐가 들었는지 확인해 보자."

그 이후로 계속 바닷속에 들어가 아이템과 보물 상자를 회수하던 우리는 바다에서 나와 파카를 걸치고 [바다의 집]에서 쉬고 있었다.

그리고 이 해안 에리어에는 [OSO 어업조합]의 갤리온이 처음 출항하는 모습을 보러 많은 플레이어들이 모여 있었다.

"갤리온에 탈 사람들은 슬슬 준비해야것는디! 금방 출항할 거니께."

시치후쿠의 목소리가 배 위에 울려퍼졌고, 승선할 예정인 플레이어인 마기 씨와 리리, 클로드, 타쿠네 파티가 차례차례 배에 오르기 시작했다.

"윤 언니! 우리도 얼른 타자!"

"알았으니까 그렇게 보채지 마."

좀 전까지 아이템 수집 경쟁에 져서 토라져 있었는데 바로 기분이 풀린 뮤우를 보고 살짝 쓴웃음을 지었다.

뮤우 일행과 배를 탈 때, 자쿠로는 내가 안고 탔지만, 뤼이는 탈 생각이 없었는지 소환석으로 돌아가 버렸다.

그 모습을 보고 뮤우는 약간 아쉬워하며 배를 탔다.

"호오, 제대로 만들었네."

갤리온 갑판 위에서 전투를 벌여도 문제가 없을 정도로 넓고 튼튼한 것 같았다.

"어때! 나하고 시치후쿠찌네가 협력해서 만든 최초의 대형 목조선이야!"

차례차례 승선하는 플레이어들에게 뽐내는 듯이 갤리온을 설명하는 리리를 보고 뮤우 일행도 귀를 기울이면서 소리내어 감탄했다.

그리고 배 위에는 낚시 도구가 들어 있는 상자나 배의 보조 동력인 노, 그리고 소형 보트와 그물 같은 것도 설치되어 있어서 자잘한 부분까지 정말 신경을 많이 쓴 것 같았다.

"만드는 모습은 중간에 몇 번 본 적이 있는데, 이렇게 되었구나. 정말 신경을 많이 쓴 것 같아."

내가 완성된 갤리온의 감상을 이야기하자 실제로 만드는 데 참여한 [OSO 어업조합] 멤버들이 왠지 쑥스러워하는 것 같았다.

"저기저기, 윤 언니! 여기 경치가 멋져! 봐!"

"우와, 높은데. 그리고 이 각도에서 보니 바다가 반사되

어서 예쁘다."

함수에서 보는 바다 경치는 멋지다는 말밖에 나오지 않았다.

수평선까지 이어지는 넓은 바다가 한눈에 들어왔고, 파도가 반사되어 반짝이는 바다와 하늘의 경치를 보며 바닷바람을 피부로 느꼈다.

"여긴 기분이 좋네."

"바다로 나가믄 배의 속도 때문에 바람이 세게 불 거여. 이렇게 부드러운 바람은 아니것지만 그래도 기분 좋은 바람을 느낄 수 있것제."

어느새 내 옆에 서 있던 시치후쿠가 내가 중얼거린 말에 대답하고 있었다.

"자, 슬슬 탈 예정인 사람들은 다 탔군."

시치후쿠가 갑판을 둘러보며 문제가 없는지 확인했다.

"모두 자기 위치로! 오늘은 손님도 있는 처녀항해여! 바닷가에서 잠수해서 고기를 잡는 게 아니라고! 무사히 출항한 다음에 귀환해야제! 그 전까지는 방심하들 말라고!"

ᵀᵀ——네! 선장님!ᴊᴊ

"그라믄, 갤리온 [보물선], 출항이다!"

마기 씨가 선물한 닻이 올라왔고, 육지에 남은 [OSO 어업조합] 멤버들이 뒤에서 배를 밀자 모래사장에서 바다로 밀려나갔다.

어느 정도 바다에 잠긴 갤리온은 길드 멤버들이 노를 젓자 돛을 펼치지 않은 채 바다로 나아갔다.

"다녀오겠습니다~!"

『뮤우, 윤, 조심히 다녀와~.』

갤리온이 출항하는 모습을 보러 온 세이 누나와 미카즈치가 해변에서 우리를 배웅했다.

다시 조금씩 나아가는 갤리온이 출항하는 모습을 보러 온 플레이어들이 환호성을 질렀다.

『영, 차! 영차!』

길드 멤버들이 노를 젓자 힘찬 추진력이 생겨났고, 단순한 센스 레벨이나 스테이터스 차이 말고도 다른 게 느껴졌다.

"대단해! 점점 나아가고 있어!"

뮤우와 히노가 신이 나서 난간 밖으로 몸을 내밀며 앞쪽을 보려 하자 루카토가 받쳐주고 있었다.

그리고 바다쪽으로 나아가자 노를 젓던 사람들이 멈췄고, 시치후쿠가 다음 지시를 내렸다.

"마법사, 위치로!"

시치후쿠의 신호에 따라 갤리온 갑판 뒤쪽에 있는 높은──함교라 불리는 곳에 마법사들이 모였다.

"돛을 펼쳐라!"

그 순간, 파수대에 있던 길드 멤버가 말아 올려두었던 돛을 펼쳤고, 함교에서 대기하고 있던 풍속성 마법사들이 일제히 돛에 바람을 불어넣자 갤리온이 가속했다.

"끄아아악?!"

마법사들의 바람으로 갤리온이 급가속하자 갑판이 크게 흔들렸고, 물거품이 솟구쳤다.

그런 와중에 나도 뒤로 넘어질 뻔했지만, 받쳐주는 사람이 있었다.

"어이쿠, 윤, 괜찮아?"

"타, 타쿠?!"

비틀거리다 쓰러질 뻔한 나를 받쳐준 사람은 수영복에 파카를 걸친 타쿠였다.

"조심하라고. 배가 계속 흔들릴 테니까 난간을 잡고 있어."

"고, 고마워, 타쿠."

나는 타쿠에게 고맙다는 인사를 한 다음 충고를 들은 대로 근처에 있던 난간을 잡았다.

"좋았어, 이 근처에 일단 정지하라고!"

그리고 해안이 보이지 않게 된 곳까지 갤리온이 나아가자 시치후쿠가 신호를 보낸 것과 동시에 돛 쪽으로 불던 마법사들의 바람이 멈추었고, 배의 속도가 천천히 떨어지기 시작했다.

"물고기를 잡을 거여! 제1반은 물질을 하고 와! 대기하는 사람은 낚시든 뭐든 하고!"

시치후쿠의 지시에 따라 무기를 들고 바다에 뛰어드는 플레이어들. 갑판에서 대기하는 사람들은 낚싯줄을 드리우고 낚시를 하기 시작했다.

"윤하고 타쿠, 즐기고 있당가? 뭐, 한가하믄 바다에 뛰어들어가꼬 놀아도 상관없는디. 빠지더라도 우리 멤버가 건져줄 거니께."

나와 타쿠가 있는 쪽으로 다가온 시치후쿠는 내게 시간을 보내는 법에 대해 조언해주면서 타쿠와 어깨동무를 했다.

"그라고……, 은근슬쩍 윤을 받쳐주면서 호감도를 챙겼제? 약삭빠른 녀석이고만. 바다에 던져부러야것어."

"시치후쿠, 뭐야. 아니, 이거 놔. 너무 세게 잡았잖아. 이봐, 왜 나를 잡아당기는 건데!"

시치후쿠에게 어깨를 잡힌 타쿠는 간츠와 [OSO 어업조합] 사람들에게 끌려간 뒤 바다에 던져졌다.

"……저기, 타쿠는 괜찮을까?"

"괜찮어, 괜찮어! 바다에 떨어졌을 때 훈련도 될 거니께."

시치후쿠는 껄껄대며 웃었지만 나는 타쿠가 괜찮을지 걱정이 되었다.

하지만 타쿠는 해수면 위로 떠올라 배 측면에 달려 있는 밧줄 사다리를 타고 올라왔고—— 다시 바다에 던져졌다.

그 모습을 본 뮤우와 히노, 간츠도 바다에 뛰어들어서 커다란 물거품을 일으키며 놀기 시작했다.

"자, 나도 물고기를 잡으러 가볼까."

그렇게 타쿠를 보며 웃은 시치후쿠도 작살을 들쳐메고 물질을 하러 나섰다.

그런데 그런 시치후쿠 앞을 리리가 불사조 네시아스를 어깨에 태운 채 막아섰다.

"으, 시치후쿠찌. 나는 불만이 좀 있어."

"어? 뭔디? 네시아스헌티 먹일 물고기가 없당가? 알았
으, 지금 형이 잡아줄랑께."

"고마워……, 가 아니지! 물고기만 잡는 게 아니라 바닷
속도 보자고! 내가 모처럼 인양 기구까지 달아줬는데!"

그렇게 말하며 갤리온 뒤쪽에 달려 있는 도르래를 손가락
으로 가리키는 리리.

갈고리와 와이어. 그리고 감아올리는 기구가 달려 있는
걸 보니 저게 인양 기구인 것 같다.

"어~? 그래도 우리는 어업조합이라 물고기가 더 좋은디?"

"시치후쿠찌네는 취미 길드니까 그런 건 이해가 되긴 하
지만 활동 자금을 조달하는 방법이 더 있는 게 낫지 않아?
그리고 우리 생산직들도 좀 기뻐할 만한 성과가 있었으면
좋겠어. 물고기 말고도 바다의 소재나 수집품 같은 것들 말
이야."

"바다의 수집품이라, 아까 이런 게 있었는데."

좀 전에 뮤우 일행과 아이템을 주우면서 모래사장과 해안
근처 물속에서 모은 아이템을 꺼냈다.

광석과 보석의 원석, 진주, 화석 같은 게 눈에 띄었지만
리리의 눈길을 끈 것은 나뭇가지와 보물 상자였다.

"대단해! 이거 대단하다고! 이거 가지고 싶어!"

"그렇게 대단한 거야?"

내가 그냥 돌과 광석, 보석의 원석, 화석을 구별할 수 있는 것처럼 목공사인 리리는 아이템의 자세한 스테이터스를 볼 수 있는 것 같다.

"이건 [요목 조각]이야. 윤찌. 이걸 [연금] 센스로《상위변환》해줘!"

"알았어. ——《상위변환》."

[연금] 센스——, 아니, 지금은 상위인 [연성] 센스의《상위변환》스킬을 사용하자 리리가 나누어 놓은 [요목 조각] 10개가 멋진 목재로 변했다.

색이 진한 [요목 목재]는 나뭇결이 단단하게 뭉쳤고, 조금 떨어진 위치에서도 좋은 나무 향기를 느낄 수 있었다.

"[요목 목재]는 단단하고 튼튼하니까 이걸 이용해서 대형 병기 같은 걸 만들고 싶어! 그러니까 시치후쿠찌가 이런 소재도 모아줬으면 좋겠단 말이야!"

그렇게 말하는 리리 옆에서 [요목 조각]을 들고 살펴본 시치후쿠는 향기가 강한 나무니까 물고기를 훈제할 때 써먹을 수 있겠다며 자기 나름대로 생각하고 있었다.

그렇게 갑판 한켠에서 떠들고 있던 나와 리리, 시치후쿠가 있는 쪽으로 배에서 뛰어내린 뒤 재미있게 놀았던 뮤우 일행이 다가왔다.

"윤 언니는 뭐하고 있어?"

"아, 좀 전에 바다에서 주웠던 아이템을 리리에게 보여주고 있어."

내가 뮤우 일행에게 상황을 설명하고 있던 동안에도 리리는 눈독을 들인 나무 보물 상자를 들어 올린 뒤 여러 각도로 살펴보고 있었다.

"쇠장식이 녹슨 정도하고 바닷물에 젖은 나무 보물 상자의 색이 딱 좋은데~. 인테리어에 안성맞춤이야!"

리리는 그렇게 말하며 여러 각도로 나무 보물 상자를 바라보았다.

인테리어에 딱 좋아 보이는 보물 상자이긴 하다.

"뭐, 리리가 마음에 들었다면 줄게. 안에 들어 있는 걸 꺼낸 다음에."

"고마워, 윤찌! 이거 잠겨 있긴 하네."

리리는 들고 있던 보물 상자의 자물쇠를 손가락으로 가리켰다.

녹이 슬긴 했지만 자물쇠로 단단히 잠겨 있었다.

억지로 자물쇠를 부숴서 나무 보물 상자에 흠집이 나면 인테리어로서의 가치가 떨어지게 된다.

"일단 [함정 해제] 센스를 가지고 있으니까 나도 자물쇠를 딸 수 있어."

"그래? 그럼 리리에게 부탁할게."

"내게 맡겨, 윤찌!"

보물 상자의 자물쇠가 자기 앞으로 오게끔 돌려서 든 리리는 자물쇠의 구멍을 살펴보았다.

그 모습을 나와 뮤우 일행, 시치후쿠가 조용히 지켜보았다.

"구조는 단순하니까 조금 비틀기만 하면 열릴 거야."

그렇게 말하고 가늘고 긴 금속 막대기를 구멍에 넣은 뒤 각도를 몇 번 조절해서 비틀자 녹슨 자물쇠가 열렸다.

"오옷! 열렸나?"

나무 보물 상자 안에 들어 있던 것은 안타깝게도 [잡동사니]라는 미감정 아이템과 2~3만 G 정도밖에 없었다.

뭐, 바닷속에 가라앉아 있는 최저 랭크 보물 상자니까 원래 이 정도일 거라며 쓴웃음을 지었다.

"윤찌, 약속대로 보물 상자를 내가 가져가도 되지?"

"그래, 상관없어."

"앗싸!"

리리는 [요목 목재]와 빈 나무 보물 상자를 끌어안고 신나게 갑판을 뛰어다녔고, 그 모습을 [OSO 어업조합] 사람들이 훈훈하게 바라보고 있었다.

"보물 상자 말이지. 우리도 주운 다음에 아직 뭐가 들었는지 안 봤는데."

"……저도 자물쇠를 딸 수 있으니까 제가 열어볼까요?"

"응, 토비, 부탁할게!"

뮤우 일행도 아직 열어 보지 않은 보물 상자를 꺼낸 뒤 토우토비에게 자물쇠 따기를 맡겼다.

그리고 뮤우와 히노가 주운 은 보물 상자 안에는―― 은 식기와 액세서리 몇 개, 보석 몇 개, 그리고 20만 G가 들어 있는 가죽 주머니가 있었다.

다른 나무 보물 상자 안에는 내가 발견한 나무 보물 상자와 마찬가지였다.

은 보물 상자라면 금전적으로 나쁘진 않겠지만, 실용적인 아이템은 없는 것 같다.

그 보물 상자를 보고 뮤우는 실망한 모양이었다.

"으으, 실망이야! 역시 금 보물 상자가 아니면 대박이 안 나오나?!"

"그래도 보석 같은 건 예쁘니까 환금용 아이템이라고 생각하죠. 그리고 [잡동사니]도 혹시나…… 하는 경우가 있으니까요."

실망한 뮤우를 루카토가 달랬다.

한편 코하쿠는 잔뜩 회수한 광석과 보석을 만지작거리며 물었다.

"그러고 보니께, 주운 보석의 원석하고 화석은 어떤감?"

"보석의 원석은 연마해봐야 판단할 수 있을 것 같은데. 진주는 그대로 보석 계열 소재로 쓸 수 있어. 화석은 그에 맞는 센스가 없으니까 모르겠고."

내가 그렇게 설명하면서 내가 모은 보석의 원석을 휴대용 연마 키트로 표면을 갈아보자 적갈색이 나타났다.

그리고 계속 갈아내자 예쁜 앰버라는 보석으로 바뀌었다.

"앰버라면 호박(코하쿠)인가?"

"내하고 이름이 똑같은 보석인디."

코하쿠가 그렇게 말하며 내가 들고 있던 보석을 부럽다는 듯이 바라보았다.

"저기, 윤 씨. 내가 주운 보석을 하나 연마해줄 수 있당가? 그 호박을 가지고 싶은디."

"그래. 어떤 걸로 할 거야?"

"그라제. 이걸로 할 거여."

코하쿠가 부탁하며 건넨 원석을 꼼꼼하게 연마하면서 군더더기를 갈아내자 안에서 진한 적갈색 보석이 드러났다.

좀 전에 연마한 보석보다 더 큰 걸 보니 직감적으로 당첨이라는 느낌이 들었다.

그리고 더 갈아내자 코하쿠가 고른 보석 안에 좀 희귀한 것이 있었기에 나도 살짝 큰 목소리로 말했다.

"오, 나비가 들어 있는 앰버다. 이거 희귀한 것 같은데. 처음 봤어."

"왠지 희귀한 것 같긴 한디……."

나비가 들어 있는 앰버를 조심조심 들여보는 코하쿠를 보고 뮤우가 그녀의 손을 들여다 보았다.

"오오?! 코하쿠, 운이 좋구나!"

그리고 뮤우를 비롯해서 루카토와 히노, 토우토비, 리레이가 코하쿠를 축하해주었고, 축하받은 그녀는 왠지 쑥스러워하는 것 같았다.

"그냥 주운 건디 왠지 창피하네. 이걸로 액세서리를 만들 때 윤 씨헌티 부탁해도 된당가?"

"오늘 [조금] 센스가 상위인 [장식사] 센스로 성장했어.

그러니까 내게 맡겨."

내가 그렇게 대답하자 코하쿠는 살짝 기쁜 듯한 표정을
지었다.

●

"선장님! 모든 반이 물질하면서 어패류를 회수했습니다!"

[OSO 어업조합] 멤버가 바다에 들어가 물고기를 잡아온
모양이었다.

"이제 느긋하게 오늘 성과를 가지고 돌아가자고. 리리 같
은 생산직들하고 타쿠, 뮤우 일행은 그냥 놀러 오게 만든 것
같아서 미안한디."

"그렇지 않아! 정말 재미있었어!"

시치후쿠가 한 말을 듣고 뮤우가 곧바로 큰 목소리로 말
했다.

"그라믄 해안으로 돌아가자고, 돛을 펼쳐라!"

시치후쿠는 기쁜 듯이 한 손을 들고 지시를 내렸다.

다시 돛대에 돛이 펼쳐지고 바람을 받아 갤리온이 나아
갔다.

클로드가 선물한 월척기를 나부끼며 바람을 가르고 달려
가는 갤리온이 크게 호를 그리는 듯이 선회하여 해안으로
돌아가려고 했을 때—— 그 사건이 일어났다.

바다의 색이 선명한 마린 블루에서 진한 남색으로 변하는

경계를 넘어선 직후, 갤리온 주위에서 물이 튀는 듯한 소리가 울려서 그쪽을 보았다.

"──날치하고 갈치?"

"윽?! 전원 전투준비를 해라!"

내가 중얼거린 목소리가 울리는 와중에 시치후쿠는 진지한 목소리로 지시를 내렸다.

그 직후, 해수면 위로 차례차례 물고기형 적 MOB── 플라잉 피시와 소드 피시 무리가 튀어나와 공중을 헤엄치며 갑판에 있던 플레이어들에게 달려들었다.

"마법사는 그대로 속력을 유지하라고! 몇 명은 마법사 호위를 맡고 나머지는 이 녀석들을 잡는 거여!"

시치후쿠가 [OSO 어업조합] 사람들에게 지시를 내리자 응전이 시작되었다.

그리고 지시를 받지도 않았고, 딱히 어떻게 해야 할지 모르는 우리는 날아다니는 물고기형 MOB의 습격을 피하기 위해 갑판에서 우왕좌왕하게 되었다.

"뀨우뀨우!"

"자쿠로, 진정해. 괜찮아."

눈앞을 이리저리 날아다니는 물고기 무리를 보고 자쿠로가 흥분했다.

그 물고기 무리를 보는 눈이 음식을 보았을 때처럼 반짝이고 있어서 식탐이 생긴 건가 싶었는데, 나 때문이라는 걸 금방 눈치챌 수 있었다.

"치잇, 평소처럼 마음껏 싸울 수가 없는데."

타쿠는 장검을 휘둘러 날아드는 물고기 무리를 베어나갔지만 배가 흔들리고 갑판 위에 플레이어들이 여기저기 흩어져 있어서 싸우기 불편한 것 같았다.

"윤 언니, 이쪽이야! 이쪽!"

"뮤우?!"

나는 어디로 가야 할지 망설이고 있다가 함교 쪽에서 손짓을 하는 뮤우 쪽으로 갔다.

그리고 뮤우 일행이 쳐둔 방어 마법 안쪽으로 도망쳤다.

이런 상황에서는 함부로 움직이면 방해가 되기 때문에 마기 씨 같은 사람들도 모여들었다.

"으하하핫, 월척이다, 월척! 근디 맞바람이라 떨쳐낼라믄 시간이 쪼까 걸리것는디."

"그리고 아군이나 배에 피해를 입힐 순 없으니까 스킬이 제한적이라 힘들어."

타쿠와 시치후쿠는 서로 등을 맞댄 상태로 날아드는 물고기들에게 대처하고 있었다.

풍속성 마법사들도 함교에서 돛에 바람을 계속 불어넣고 있지만, 맞바람을 받고 있는 갤리온은 속력을 제대로 내지 못했기에 물고기형 MOB 무리에게서 좀처럼 도망칠 수가 없었다.

"시치후쿠 씨~, 회복 같은 지원이 필요해?"

"팍팍 걸라고! 있으면 좋으니께!"

뮤우가 그렇게 말하자 시치후쿠가 대답했다.

나도 《존 인챈트》로 갑판에 있는 플레이어들을 지원할 생각이었다.

그런데 눈앞을 이리저리 날아다니는 물고기 무리들이 빛을 반사해서 눈이 따끔거렸다.

[하늘의 눈]이 빛에 크게 반응해버려서 갑판 위에 있는 플레이어들을 표적으로 삼기가 힘들었다.

"여기에서는 전체적인 모습을 잘 파악할 수가 없어. 그렇다면——."

갑판보다 높은 함교, 그보다 더 높은 곳인 파수대를 올려다보았다.

저 높이에서는 물고기 무리의 측면에 반사되는 빛의 영향을 받지 않고 갑판 위를 볼 수가 있다.

"뮤우! 잠깐 다녀올게!"

"앗, 윤 언니?!"

『규우?!』

내 행동을 이해한 자쿠로는 내 등에서 몸속으로 파고들었다.

성수화한 자쿠로의 [빙의] 센스로 인해 여우 귀와 꼬리 세 개가 돋아났다.

"이 밧줄 사다리를 올라가면 파수대가 나오지."

뮤우 일행이 치고 있는 방어 마법 바깥 쪽으로 뛰쳐나간 뒤 밧줄 사다리를 올라가려 하는 내게 물고기들이 덤벼들었다.

그것들을 빙의한 자쿠로의 꼬리 세 개가 자동으로 요격하며 쳐내주었다.

꼬리 하나는 내가 떨어지지 않게끔 안전띠처럼 밧줄 사다리에 감겼고, 나머지 두 개가 물고기를 요격하거나 자동으로 방어를 해주고 있었다.

그리고 빙의한 자쿠로 덕분에 무사히 파수대까지 올라올 수 있었고, 갑판 위에 있는 플레이어들을 둘러볼 수 있게 되었다.

"간다!《존 인챈트》── 어택, 디펜스!"

갑판 위에서 싸우고 있는 플레이어들에게 광범위한 인챈트를 걸었다.

"윤! 고맙다!"

내가 인챈트를 걸었다는 걸 눈치챈 타쿠는 파수대를 올려다보고 내가 있는 쪽으로 손을 흔들면서 적 MOB이 나아가는 방향에 장검을 미리 가져다 두는 식으로 베어서 쓰러뜨렸다.

"여신의 축복이제! 이대로 전부 잡아불자!"

"누가 여신이야! 누가!"

시치후쿠는 쓸데없는 농담을 하면서 덤벼드는 물고기 MOB을 차례차례 카운터로 찔러 쓰러뜨렸다.

그런 시치후쿠의 농담을 듣고 내가 따졌지만 무시당했다.

내 인챈트와 뮤우의 회복 지원 덕분에 물고기 무리의 숫자가 점점 줄어들기 시작했다.

"저건 뭐야?!"

물고기의 숫자가 줄어들자 바닷속에서 커다란 그림자가 떠오르기 시작했다.

파수대에서 내려다보고 있던 내가 먼저 발견하고 소리쳤다. 그리고——

"뭐?! 레이드 보스!"

떠오르는 것과 동시에 갤리온 측면에 몸통박치기를 날린 것은 클리어 젤리 피시라는 거대한 해파리형 MOB이었다.

몸이 젤라틴 재질 같은 거대한 해파리는 갤리온에 찰싹 달라붙었고, 그 충격 때문에 선체가 좌우로 흔들렸다.

빙의한 자쿠로의 꼬리가 돛대에 감겨 파수대에서 떨어지지 않게끔 내 몸을 고정시켰다.

하지만 많은 플레이어들이 비틀거리면서 멈추자 갑판으로 뻗어온 해파리의 반투명한 촉수가 그대로 배 위를 후려쳤다.

그로 인해 타쿠를 비롯한 플레이어들 몇 명이 바다로 튕겨져 나갔다.

"위험해……."

누가 그렇게 중얼거렸을까—— [OSO 어업조합]이 아닌 플레이어들은 [수영] 센스를 가지고 있다 해도 레벨이 낮아서 수중전을 벌이긴 힘들다.

나는 바다에 떨어질 것 같은 플레이어들에게 최근에 습득

61

한 스킬을 사용했다.

"——《존 라이트 웨이트》!"

바다에 떨어질 줄 알았던 플레이어들은 내 지원 스킬을 받고 해수면에 착지했다.

"이건 또 뭐야?!"

"타쿠! 지금은 내 지원 스킬로 물 위를 걸어다닐 수 있는 상태야!"

해수면 위에 선 타쿠 일행에게 내가 파수대 밖으로 몸을 내밀고 상황을 전달했다.

상황을 이해한 타쿠 일행은 지금까지 좁은 갑판 위에서 싸워야 했던 제한이 풀리자 신이 나서 미소를 지었다.

"그렇다면 반격을 시작해야지!"

타쿠 일행은 그렇게 말하며 해수면 위를 달려가 거대 해파리형 레이드 보스인 클리어 젤리 피시에게 공격을 가하기 시작했다.

"저 녀석들만 폼잡게 두지 말랑께! 우리는 바다로 들어가서 밑에서 공격하자고!"

타쿠 일행의 공격으로 거대 해파리의 표적이 갤리온에서 플레이어로 변했고, 배에서 물러나기 시작했다.

그리고 시치후쿠처럼 [수영] 센스를 가진 사람들이 바다로 뛰어든 뒤 물속에서 공격을 가해서 촉수를 잘라냈다.

"우리도 공격하자! ——《솔 레이》!"

"리레이. 가자고——《리틀 토네이도》!"

"후후후, 알았다고요——《플레임 서클》!"

뮤우, 코하쿠, 리레이의 마법이 거대 해파리에 맞아 젤라틴 재질 같은 몸의 표면을 들끓게 만들었다.

그리고 타쿠네 파티의 미니츠와 마미 씨도 참가해서 각각 마법으로 공격과 회복을 맡았다.

루카토와 히노는 원거리 계열 아츠로 공격했고, 마기 씨와 토우토비, 리리는 갑판에서 투척무기를 던지고 있었다.

그리고 파수대에 있던 나도——.

"——《마궁기 · 유성》."

[마궁] 센스로 취득한 아츠를 하늘을 향해 날렸다.

하늘 위로 날아간 화살이 정점에 도달했고, 낙하하며 가속해서 한 줄기의 푸른 빛으로 변해 거대 해파리에게 꽂혔다.

《마궁기 · 유성》은 입체적인 포물선 궤도로 적의 머리 위에서 화살이 떨어져 내리는 아츠다.

아츠의 발동 속도는 빠르지만, 입체적인 포물선 궤도를 그리기 때문에 착탄될 때까지 시간차가 있고, 좁은 공간에서는 천장에 박히기 때문에 써먹기 힘든 아츠다.

하지만 그런 단점을 메꿀 수 있을 정도로 뛰어난 위력을 지니고 있기에 젤라틴 재질 같은 몸을 헤집었다.

플레이어들의 맹공을 받은 거대 해파리는 HP가 줄어들자 몸의 부피도 줄어들기 시작했다.

그런 반면에 촉수의 움직임이 더욱 거세졌지만, 해수면 위를 달려가는 타쿠 일행과 바닷속에 있는 시치후쿠 일행이 잘라내서 숫자를 줄였다.

그리고 드디어——.

"이걸로 끝이다. ——《데스 브링어》!"

타쿠가 검을 휘두르자 검은 칼날이 날아가 쪼그라든 거대 해파리의 몸을 두 동강 냈다.

그러자 거대 해파리의 HP가 전부 사라졌고, 젤라틴 재질 같은 몸이 바다에 녹은 뒤 곧바로 빛의 입자가 되어 사라졌다.

"레이드 보스라고 해도 꽤 약한 부류였지."

주위에 있던 적 MOB을 전부 쓰러뜨린 플레이어들이 갤리온으로 돌아오자 배가 예정대로 해안으로 돌아가기 시작했다.

그때——.

"응? 저건?"

내가 파수대에서 남쪽 방향을 보자 멀리 희미하게 섬의 윤곽이 보였다.

눈을 돌리면 놓쳐버릴 것 같을 정도로 희미한 윤곽을 [하늘의 눈]으로 포착하고 의식을 집중시킨 뒤 시야에 뜬 광경을 스크린샷으로 찍었다.

"……역시, 잘못 본 게 아니야."

방금 찍은 스크린샷을 확인해보니 평평한 모양의 산이 있는 섬이 보였다.

"윤 언니. 슬슬 내려와도 괜찮아~!"

"윤! 인챈트하고 배에서 떨어졌을 때 도와줘서 고마워!"

"앗, 뮤우, 타쿠! 알았어!"

내가 자쿠로와 함께 파수대에서 내려오자 뮤우와 타쿠가 맞이해주었다.

"그런데 윤 언니! 아까 그건 뭐야?! 타쿠 씨가 해수면 위를 달려간거! 그렇게 재미있는 스킬이 있었어?!"

"이봐, 윤. 그 해수면 위를 달려가는 스킬은 대체 뭐야?"

뮤우와 타쿠가 물어본 스킬은 아마 《라이트 웨이트》일 것이다.

"그건 [염동] 센스의 레벨이 15가 되었을 때 습득한 《라이트 웨이트》라는 스킬이야."

경량화 마법 스킬인 《라이트 웨이트》는 발을 디딜 곳이 애매한 습지나 모래사장, 《머드 풀》 같은 행동 저해 계열 효과를 약화시킬 수 있다.

토속성 마법이 인기가 없는 이유 중 하나는 《머드 풀》이 아군에게도 영향을 미쳐서 써먹기 힘들다는 점인데, 이 《라이트 웨이트》와 함께 사용하면 아군에게 영향을 미치는 걸 피할 수 있다.

"오오! 대단한데! 물 위를 달려 갈── 으앗, 꼬르륵……."

타쿠 파티의 간츠가 《라이트 웨이트》의 효과를 받으면서 갤리온과 나란히 달리다가 방어구인 글러브를 장착한 순간, 그 무게 때문에 바다에 가라앉았다.

"하지만 물 위를 걸어다니고 있을 때는 무거운 방어구를 징착하면 그 무게 때문에 가라앉아."

간츠는 까불대다가 바다에서 안전하게 행동할 수 있는 [수영] 센스를 장비하지 않은 채 바다에 가라앉았기 때문에 혼자서 떠오르지 못하고 계속 가라앉아 있었다.

"아하하하, 간츠는 참말로 재미있단 말이제! 자, 구해주자고——, 영차!"

시치후쿠는 낚싯대를 크게 휘둘러 간츠가 가라앉은 곳에 낚싯바늘을 던져넣었고, 잠시 후 크게 휜 낚싯대를 들어올리며 간츠를 해수면 위로 끌어올렸다.

"간츠, 잡았당께!"

"허억, 허억……, 죽는 줄 알았네."

숨을 거칠게 쉬고 있는 간츠는 조심해야 할 사항을 몸소 알려준 거나 마찬가지다.

"호오, 저렇게 되는구나. 그럼 무기는 어떻게 되는데?"

"무기는 아직 검증해보지 않아서 잘 모르겠지만 너무 무겁지만 않으면 효과가 먹힐 거야. 방어구는 가죽이나 금속제면 안 될 테고, 천으로 만든 것도 보호할 곳이 여섯 군데 중에 네 군데 이상이면 마찬가지로 《라이트 웨이트》 스킬이 밀려버릴 거야."

행동 저해 효과만 놓고 보면 무게는 신경 쓰지 않아도 되지만 물 위에서 걸어다닐 경우에는 방어구를 신경 써야만 한다.

"그렇다면 수영복 같은 장비는 어떤 의미로 수상 전투에 가장 잘 맞는 건가? 그래도 방어면에서 불안하단 말이지."

타쿠가 그렇게 말하자 나도 그런 측면이 있다고 고개를 끄덕였다.

　물 위에서 걸어다닐 수 있는 반면에 방어 쪽에 제한이 걸리기 때문에 그렇게 밸런스를 잡아가는 과정에서 플레이어의 개성이 드러날 것 같다.

　그런 생각을 하고 있자니 뮤우가 내 파카 옷자락을 잡아당겼다.

　"저기, 저기, 해변으로 돌아가면 나한테도 걸어줘! 바다위를 뛰어다니고 싶어!"

　"그래, 그래……, 돌아간 뒤에."

　내가 뮤우의 머리를 살며시 쓰다듬어주자 기쁜 듯이 베시시 웃었다.

　그리고——.

　"슬슬 해변에 도착할 거여!"

　시치후쿠가 그렇게 외친 것과 동시에 해변에서 갤리온이 돌아오기를 기다리고 있던 플레이어들이 환호성을 지르며 맞이해 주었다.

　"윤, 뮤우, 어서 와!"

　"앗! 세이 언니다! 윤 언니, 세이 언니를 깜짝 놀라게 해주고 싶으니까 아까 그거 부탁해!"

　"정말……, 《라이트 웨이트》."

　내가 쓴웃음을 지으며 뮤우에게 경량화 스킬을 사용하자 뮤우는 곧바로 갤리온에서 뛰어내린 뒤 바다 위를 뛰어서 세이 누나가 있는 해변 쪽으로 다가갔다.

그 모습을 보고 주위 사람들이 소리를 내며 깜짝 놀랐고, 갤리온 위에서 웃음소리가 울려퍼졌다.

나중에 질문공세에 시달리게 되겠지, 나는 그렇게 생각하며 먼 산을 바라보았다.

2장   모험 준비와 잠깐의 휴식

갤리온이 해안 에리어로 돌아온 뒤, 우리는 쉬기 위해서 로그아웃한 다음 잠시 쉬고 다시 로그인했다.

다시 찾아온 해안 에리어에서는 해가 진 해변에서 갤리온을 견학하러 온 플레이어들이 모닥불 앞에 둘러앉아 제각각 시간을 보내고 있었다.

해가 지고 조용한 파도 소리가 들릴 줄 알았던 해변에서는——.

"아하하하핫! 나를 잡을 수 있을까?"

"뮤우, 거기 서! 거기 서!"

뮤우와 히노가 내게 부탁해서《라이트 웨이트》스킬로 얻은 수상 보행 능력으로 해수면 위를 뛰어다니고 있었다.

그리고 [OSO 어업조합] 멤버들과 클로드, 리리가 협력하여 보트를 타고 바다로 나간 뒤 어두워진 해변에서 불꽃을 쏘아올려 분위기를 띄웠다.

원래 조용했던 해변도 플레이어들이 모이니 떠들썩해졌다. 그렇게 생각하며 느긋하게 시원해진 모래사장에서 모닥불을 바라보고 있었다.

"윤, 옆에 앉아도 될까?"

"응? 세이 누나, 괜찮아."

세이 누나는 내가 앉아 있던 나뭇가지 옆에 앉아서 모닥

불을 바라보았다.

세이 누나는 나와 마찬가지로 수영복 위에 파카를 걸치고 있었다.

"아까 뮤우에게 윤의 새로운 스킬 이야기를 들었어."

"아하하하……, 어쩌다 보니 익혀버렸네."

원래 [염동] 센스는 쓰레기 취급을 받고 있었지만 검증 플레이어가 [염동] 스킬의 효과 정보를 공개했고, 그중에 는 《라이트 웨이트》가 물 위에서 걸어다닐 수 있는 스킬이 라는 것도 확인되었다.

지금까지 플레이어들의 행동 범위였던 에리어에서는 효 과적이지 못했을 뿐, 에리어 환경이 바뀌자 유용한 스킬이 발견된 것에 불과하다.

"개인적으로는 지금까지 솔로에 적합했던 《머드 풀》하고 조합해서 사용할 수 있다는 게 기쁜데."

"그래도 충분히 대단한 스킬이야. 바다로 진출해서 [수 영] 센스를 얻은 다음에 수중전에 익숙해지는 것보다 짧은 시간만에 바다에 적응할 수 있으니까."

물 위에서 걸어다닐 수 있게 되면 거의 지상전과 비슷하 게 움직일 수 있다.

물 위에서 걸어다니는 상태를 유지하기 위해 방어구를 경 량화해야만 하지만, 물속에서는 스킬 발동 제한이 있기에 그런 면에서도 장점과 단점이 있다고 할 수 있다.

"그래도 윤처럼 [염동] 센스가 있어야만 《라이트 웨이트》

를 부여할 수 있고, 한꺼번에 여러 대상에게 걸려면 [하늘의 눈]의 존 계열 스킬이 필요하겠지."

바다 같은 에리어에서 효과적인 《라이트 웨이트》 스킬을 나와 비슷한 수준으로 다룰 수 있는 플레이어를 육성하고 직접 습득하여 실전에서 운용하게 되려면 난이도가 높다고 느낀 모양이다.

그런 세이 누나에게 좋은 소식을 한 가지 알려주었다.

"일단 《스킬 인챈트》로 아이템에 《라이트 웨이트》를 인챈트할 수 있으니까 아이템만 구입하면 [염동] 센스를 얻을 필요는 없어."

인챈트 스톤과 마찬가지로 보조 마법 스킬이기 때문에 소재의 필요 랭크는 그리 높지 않아서 저렴한 가격에 [라이트 웨이트] 인챈트 스톤을 만들 수 있다.

"그렇구나. 그럼 가게에 나오면 살까?"

"그러기보다는 [팔백만]의 [인챈트] 센스를 가진 사람들에게 [염동] 센스를 습득하게 해서 레벨을 올리는 게 더 빠르지 않을까? 지하계곡의 무중력 운동경기에서는 [염동] 스킬을 써먹기 괜찮겠던데."

그렇게 세이 누나와 느긋하게 이야기를 하고 있자니 문득 갤리온 파수대에서 본 광경이 생각났다.

"……그러고 보니 갤리온을 타고 가다가 이런 걸 발견했어."

나는 메뉴를 조작해서 찍었던 스크린샷을 세이 누나에게 보여주었다.

"이건 섬이야?"

"응, 아마 방향은 남쪽인 것 같아. 그런데 파수대에서 [하늘의 눈]을 써서 겨우 보일 정도였으니까 얼마나 멀리 있는지는 모르겠어."

"호오, 해안 에리어에 대형선으로 출항한 뒤에는 미지의 외딴 섬이란 말이지."

"으앗, 미카즈치?!"

"꺄악! 미카즈치, 정말······."

미카즈치가 나와 세이 누나의 어깨를 감싸는 듯이 어깨 위에 손을 올리고 나와 세이 누나의 머리 사이로 파고들어 스크린샷을 들여다 보았다.

"큰 길드로서는 역시 새로운 에리어에 흥미가 있는데."

"뭐야? 윤, 또 뭔가 저질렀어?"

"타쿠, 다른 사람들이 오해할 만한 말을 하지 마!"

미카즈치를 따라 타쿠도 다가왔다.

내가 두 사람에게도 스크린샷을 건네자 그 두 사람은 정신없이 그 스크린샷을 바라보았다.

"세이는 [팔백만] 멤버들에게 이 정보를 알리면 어떻게 될 것 같아?"

"다들 목조선 제작에 협력해주겠지. 하지만 갤리온 같은 대형선을 만드는 건 힘들 거야. 그렇게 되면 한번에 태울 수 있는 플레이어들의 숫자도 제한될 거고."

"저번 대규모 원정과는 달리 인원을 줄일 필요가 있겠군.

그리고 배를 조작하는데 플레이어를 쓰고 싶진 않은데……, 어떻게 할까."

바로 미지의 섬을 향해 떠날 견적을 내보는 세이 누나와 미카즈치.

"시치후쿠. 이걸 봐. 새로운 에리어일 가능성이 있어."

"호오, 그 적 MOB하고 전투를 하느라 미처 못 봤는디. 지금 확인하러 가볼까! 준비해라! 바다로 나갈 거여!"

"좋았어! 가자!"

"이봐, 잠깐만. 왜 나까지 끌고 가는 거야! 그리고 지금은 해가 졌잖아!"

타쿠가 시치후쿠에게 외딴 섬 스크린샷을 보여주자 바로 섬의 존재를 확인하기 위해 움직였다.

그런 와중에 타쿠와 간츠도 덩달아 갤리온에 탔고, 그들에게 끌려가던 상식파 케이가 따지면서도 배에 타게 된 뒤 출항했다.

"정말, 남자들은 바보라니까."

"조, 조심하세요."

곧바로 행동에 나서는 타쿠 일행을 어이없다는 눈초리로 보는 미니츠와 걱정스럽게 배웅하는 마미 씨.

"타쿠 씨, 시치후쿠 씨! 다음에 기회가 생기면 또 태워줘!"

"새 에리어에서 생산 소재를 발견하면 우리에게 가져 와!"

뮤우와 마기 씨도 각자 시치후쿠가 탄 갤리온을 향해 말했지만 파도 소리에 묻혀서 들렸는지는 모르겠다.

타쿠와 미카즈치가 미지의 외딴 섬에 대해 정보를 퍼뜨리자 외딴섬을 조사하기 위해 갤리온이 다시 출항하는 모습을 목격한 플레이어.

　새로운 에리어의 가능성에 각자 이야기를 나누고 배를 조달하기 위해 알고 지내는 목공사에게 연락을 하거나 이미 포기하고 다른 전선 에리어를 공략하기 위해 의논하기 시작하고 있었다.

　"……가버렸네. 밤인데 괜찮으려나?"

　"음~. 뭐, 안 되면 돌아오지 않을까? 그건 그렇고 아가씨, 술안주나 좀 만들어줘."

　미카즈치가 그렇게 말했기에 한숨을 쉬면서 요리를 하며 타쿠 일행이 돌아오길 기다렸다.

　[OSO 어업조합]이 모은 어패류 계열 식재료가 많았기에 관자와 새우, 가지고 있던 버섯과 합쳐서 아비요를 만들었고, 미카즈치는 맥주 같아보이는 술을 마시며 기다렸다.

　그리고——.

　"준비가 부족하다는 걸 뼈져리게 느꼈어. 역시 익숙하지 않은 곳은 힘든데."

　"아, 죽어서 돌아와부렀네! 참말로 힘들던디."

　"앗! 타쿠, 그리고 시치후쿠도?!"

　우리는 바다 쪽을 보며 돌아오는 걸 기다리고 있었는데, 결과적으로 갤리온을 타고 갔던 사람들은 데스 페널티를 받고 포탈 쪽에서 돌아왔다.

"타쿠, 괜찮아?"

"해가 진 바다가 생각했던 것보다 어둡다는 걸 알았어. 그리고 조명을 켜면 적 MOB들이 빛으로 달려들어서 위험하다는 것도."

타쿠와 시치후쿠네 길드 [OSO 어업조합] 사람들이 그렇게 말하며 곤란하다는 듯이 웃었다.

"바다로 나아가든서 윤이 봤다는 섬의 윤곽을 우리도 봤는데, 엄청 센 MOB이 습격해서 갤리온이 대미지를 입어부렀네."

암시를 가지고 있는 플레이어가 있었는지 어두운 밤바다에서도 섬의 윤곽을 확인할 수 있었던 것 같은데, 시치후쿠는 지쳤다는 듯이 한숨을 쉬었다.

만드는데 다섯 달 이상 걸린 갤리온이 대미지를 입었으니 괴로운 것 같았다.

"괜찮아, 시치후쿠찌! 그 정도라면 수리해서 고칠 수 있어!"

이곳에 남아 있던 리리가 시치후쿠를 달랬다.

갤리온의 피해는 선체의 대미지말고도 전투의 여파로 갑판에 놓아두었던 도구 몇 개가 파괴된 모양이었다.

수리하고 도구를 다시 조달해서 해역을 돌파하기 위한 준비를 마치고 갤리온이 다시 출항하려면 시간이 필요할 것이다.

해역의 귀중한 정보를 가지고 돌아왔지만, 타쿠와 시치후쿠 일행이 해역을 돌파하는데 실패했다는 것을 알고 갤리온을 보러 왔던 플레이어들이 몇 명씩 돌아가기 시작했다.

『──뭐야. 결국 기대하게 해놓고 실패했어?』

로그아웃하는 와중에 누군가가 한 그 한 마디가 귀에 맴돌았고, 조금 짜증이 났다.

하지만 실패한 타쿠 일행은 전혀 신경 쓰지 않았고, 오히려 뮤우 일행과 함께 다음 도전에 대해 의논하고 있었다.

"해역의 MOB하고 즉사 공격인 삼키기를 쓰는 바다뱀형 MOB이 있으니까 조심할 필요가 있겠어."

"다음에 출항할 때는 우리도 같이 가고 싶어."

"좀 전에는 같이 가지 못했지만 다음에 출항할 때는 우리도 함께 가고 싶어."

좀 전에는 신이 나서 그 기세만으로 바다로 나갔던 타쿠와 시치후쿠 일행.

다음에는 뮤우 일행과 마기 씨, 미니츠와 마미 씨도 함께 승선해서 전력을 증강하여 넘어서지 못했던 해역 돌파를 목표로 삼는 것 같다.

"재미있을 것 같은데. 출항하게 되면 우리도 불러줘. 그 전까지 배를 조달해서 함께 해역 돌파를 성공시키자고."

미카즈치는 그렇게 말하며 길드 [팔백만]이 해역 돌파에 참가하겠다고 표명한 다음 자연스럽게 나를 보았다.

뮤우 파티와 타쿠 파티, 마기 씨 같은 생산직들, 독자적으로 움직이는 세이 누나와 미카즈치의 길드 [팔백만], 그런 와중에 나만이 아무런 말도 하지 않고 있었다.

주위에서 기대에 찬 시선이 쏠리는 와중에, 평소였다면

머뭇거렸을 것이다.

하지만 좀 전에 멋대로 기대해놓고 멋대로 실망한 플레이어가 한 말이 귀에 맴돌고 있었기에 지금은 다시 보게 해주겠다는 마음이 더 강했다.

"일단 나도 도울 수 있는 건 도울게. 내가 뭘 할 수 있을지는 모르겠지만."

"오, 윤은 평소와는 달리 의욕이 있네."

"그, 그래? 아니, 으앗! 뮤우, 위험하니까 달려들지 마!"

내가 딴청을 피우는 듯이 둘러대자 뮤우가 내게 달려들었다.

"앗싸! 윤 언니하고 모험을 떠날 수 있어!"

그리고 간츠와 [OSO 어업조합] 사람들은――『우오오오옷, 땀내 나는 남자들만 있었는데!』, 『미소녀 협력자가 늘어나니 기운이 난다아아아!』, 『협력해준다면 저번에 만들어준 주먹밥을 먹고 싶어!』, 『아니, 수영복 차림을 보고 싶어!』라고 바보 같은 소리를 하고 있었다.

나는 약간 정색하면서도 말했다.

"나, 나도 도울 수 있는 건 하겠지만 뮤우네처럼 전투를 벌일 수 있는 것도 아니고, 리리처럼 배를 고칠 수도 없어!"

"일단 윤 아가씨는 [라이트 웨이트] 인챈트 스톤을 최대한 많이 마련하는 것부터 하는 게 낫지 않을까? 우리 길드의 [인챈트] 센스 보유자가 아직 육성 전이라 독점 시장이니 좋겠어."

미카즈치가 한 말을 듣고 생각났다.

수상 전투를 유리하게 진행하기 위해 그것들을 준비해야만 한다는 것을.

그리고 나는 바로 [라이트 웨이트] 인챈트 스톤을 500개 주문받았다.

그리고 또 하나——.

"이봐, 윤."

"왜 그래? 시치후쿠."

"갤리온에서 부서진 도구 중에 낚시할 때 쓰는 바구니가 있는디, 그걸 만들어줄 수 있당가? 이번에는 부서지지 않게끔 미스릴제 바구니로 30개 정도."

"난 철물점을 운영하는 게 아닌데……."

나는 곤란한 듯한 표정을 지은 다음 정말……, 그렇게 중얼거리며 받아들였다.

이러쿵저러쿵하면서도 결국 받아들여버리는 나도 참 어수룩한 거겠지, 그렇게 자조하는 듯한 미소를 지으며 그날은 모두 함께 모닥불 앞에 둘러앉아 해역의 정보 같은 것들을 들었다.

그리고 로그아웃한 다음 날부터는 각자가 해역 돌파를 목표로 움직이기 시작하게 되었다.

●

해안 에리어에서 받은 주문── [라이트 웨이트] 인챈트 스톤 500개와 미스릴제 바구니 30개의 주문은 내게 그렇게 어려운 의뢰가 아니었다.

"《스킬 인챈트》── [라이트 웨이트]!"

소재는 인챈트 스톤에 사용하던 돌을 가져다 써도 되기 때문에 평소에 하던 생산과 다를 게 없다.

하지만 주문받은 숫자가 많아서 하나하나 만들면 시간이 오래 걸리기 때문에 [존] 계열 스킬과 조합해서 상자 안에 있는 돌 전부에 [라이트 웨이트] 인챈트를 걸었다.

그런 다음 미스릴제 바구니를 만들 때는 [마도로]가 활약했다.

"주괴로 바구니 바닥의 원형하고 측면의 부채꼴 판, 이렇게 두 가지 부품을 만들어서 합칠까?"

부품을 두 종류로 나누어서 늘린 주괴의 접합면에 가루 모양 마법약인 [용열분]을 바르고 열을 가한다.

마법약과 화로의 열기에 녹은 미스릴이 달라붙었고, 두 종류의 부품을 합쳐서 바구니의 형태로 만들어 나갔다.

"음~. 이대로 두면 은빛 바구니가 되겠는데."

만들어진 미스릴제 바구니를 보니 햇빛 아래에서 쓰면 빛을 반사해서 눈이 부실 것 같다는 생각이 들었다.

"그렇다면 그걸 만들어볼까."

나는 완성된 미스릴제 바구니를 옆구리에 끼고 금속을 가공할 때 쓰는 아이템을 떠올렸다.

[아트리엘]에 가끔 오는 바람 요정이 주는 아이템인 [요정의 비늘가루]와 가루 형태로 만든 주석 광석, 뮤렐의 변화초를 가루 형태로 만든 것을 섞은 뒤 마무리로 [마력 부여]를 걸었다.

"——[마력 부여]. 오, 됐네. [양철 도금가루]."

금속 표면에 뿌리고 열을 가하면 가루가 녹아서 흐릿한 색으로 도금이 된다.

색을 바꾸기만 할 거라면 [컬러링]을 쓰면 되지만 이쪽이 더 자연스럽게 마감되는 데다 도금 처리를 하면 내구도가 올라가는 효과도 있다.

바로 완성된 미스릴 바구니 안팎에 도금가루를 바르고 [마도로] 안에 살짝 넣었다 빼자 양철 같은 색 바구니가 만들어졌다.

"본체는 완성됐네. 손잡이 부분도 뭐, 미스릴을 변형시킨 다음에 나무 손잡이를 만들면 되려나?"

나는 부품을 조금씩 만든 다음, 합쳐서 미스릴제 바구니를 완성했다.

"나는 철물점을 경영하는 게 아닌데……, 아, 가볍고 튼튼하네."

시치후쿠가 주문한 건 잡은 물고기를 넣어둘 바구니겠지만, 내가 만든 바구니의 완성도가 의외로 높았다.

"쿄코 씨. 미스릴로 바구니를 만들어봤는데, 어떤 것 같아?"

"바구니요?"

바로 NPC인 쿄코 씨에게 의견을 들어보기 위해 가지고
간 바구니를 건넸다.

"아, 가볍네요. 그리고 튼튼해 보여요. 괜찮은 것 같네요."

"그럼 그건 쿄코 씨에게 줄게."

"그래도 되나요? 감사합니다."

애교 있게 생긴 얼굴로 미소를 짓는 쿄코 씨를 보니 조금
치유되었다.

"그럼 이 디자인으로 양산할까? 그리고 내가 쓸 바구니도
만들고 싶은데."

가볍고 튼튼한 바구니라서 채집용을 쓰면 좋겠다는 생각
이 들었다.

나는 미스릴제 바구니 부품을 한꺼번에 만든 다음 주문받
은 만큼 부품이 모였을 때 조립하고 도금처리를 한 다음 완
성된 바구니를 쌓기 시작했다.

"좋았어, 이 정도면 되려나?"

쿄코 씨에게 준 바구니와 똑같이 생긴 것이 쌓였고, 주문
받은 물량과 내가 쓸 것까지 합쳐서 미스릴제 바구니 서른
한 개가 완성되었다.

"다음에 줘도 되겠지. 시간도 남았으니 저번에 얻은 소재
로 뭔가 만들어볼까?"

나는 바구니를 인벤토리에 넣고 해안 에리어에서 채집한
예쁜 조개와 진주를 꺼내기 시작했다.

"오늘은 이걸로 액세서리를 만들어볼까."

나는 만들어두었던 귀걸이와 피어스, 목걸이 사슬 쇠장식 부품과 각종 구멍 뚫린 구슬 같은 부품들을 꺼냈다.

이렇게 쇠장식 부품을 미리 만들어두면 소재의 조합을 살펴보면서 바로 바구니처럼 조립해서 만들 수 있다.

"응. 조개껍질은 연한 색 보석으로 바다 같은 느낌을 내볼까?"

나는 조개껍질과 악센트를 넣을 매우 작은 터키석 같은 불투명한 보석, 그리고 구멍 뚫린 구슬을 이용해서 장식하여 목걸이를 만들었다.

크기와 형태가 비슷하고 하얀 고둥껍데기는 귀걸이로 만들기 위해서 자그맣게 구멍을 뚫고 그 구멍을 얇은 막대기 톱으로 깎아내 벌리기 시작했다.

하지만——.

"앗! ……젠장, 너무 많이 깎았나? 깨져버렸네."

자그맣게 구멍을 낼 생각이었는데 투둑 하는 소리가 들린 것과 동시에 껍데기 일부가 깨져서 구멍과 조개껍질의 가장자리가 이어져 버렸다.

이렇게 된 이상 구멍의 의미가 없어져서 다시 처음부터 만들어야 한다.

"실패했네. 그래도 실패한 조개껍질을 버리는 건 아까우니까……, 비료로 쓸 수 있으려나."

나는 [아트리엘]의 뒤쪽에 있는 비료 보관소를 힐끔 보았다.

부엽토와 뼛가루, 낙엽, 비룡의 똥 같은 것들을 섞어서 만든 [중급 비료]는 [식물 영양제]와 마찬가지로 [아트리엘]에서 재배하는 약초의 품질 향상에 크게 공헌하고 있다.

이렇게 실패한 조개껍질도 부숴서 섞으면 비료의 소재가 되지 않을까 하는 생각이 들었는데, 그러기 전에 좋은 게 있었다는 생각이 났다.

"아, [세포 영양제]를 사용하면 깨진 부분도 고칠 수 있을지 모르겠네."

나는 확장한 공방의 선반에서 [세포 영양제]를 꺼냈다.

이건 예전에 에밀리 양하고 함께 화석 계열 아이템으로 MOB을 부활시키려 했을 때 사용한 아이템이다.

원래 사용 목적은 가공에 실패한 뼈나 가죽 같은 생체 소재에 발라서 흠집을 메꾸고 재생시키는 것이다.

"조개껍질도 생체 소재로 취급되려나?"

나는 그런 의문을 소리내어 말하면서 스포이드로 [세포 영양제]를 약간 빨아들인 뒤 깨진 조개껍질에 한 방울 떨어뜨렸다.

조개껍질은 하얀 거품을 일으키면서 조금씩 깨진 부분이 메꿔졌고, 잠시 후 깔끔한 상태로 돌아왔다.

"아, 다시 구멍을 뚫어야지. 아니, 다음부터는 구멍 크기에 맞게 뭔가 대놓으면 깨지는 걸 막을 수 있으려나?"

나는 그렇게 중얼거리면서 다시 구멍을 뚫기 시작했고, 이번에는 깔끔하게 뚫는데 성공했기에 피어스 쇠장식이나 불투명한 보석, 구멍 뚫린 구슬로 장식했다.

"응. 귀걸이는 이 정도면 되겠지? 다음에는 진주와 조개 껍질인가?"

진주와 조개껍질에 구멍을 뚫고 은 금속 실을 구멍에 꿰어 조개껍질의 움푹 패인 곳에 진주가 잘 들어가게끔 고정시킨 다음 펜던트 본체를 만들었다.

그것을 중심으로 구멍 뚫린 구슬과 자잘한 진주 같은 것들로 장식해서 목걸이를 만들었다.

그렇게 조개껍질과 진주를 사용해서 액세서리를 만들고 보니 액세서리를 만들기에 적합하지 않을 정도로 작은 조개껍질이 남아버렸다.

"아, 이건 아무리 조심스럽게 구멍을 뚫어도 부서지겠는데."

액세서리를 만들기에 적합하지 않을 정도로 작은 조개껍질이 남았기에 전부 부숴서 비료 소재로 쓸까 하던 참에 새로운 아이디어가 떠올랐다.

"……유리로 굳혀볼까?"

작은 조개껍질 중 3분의 2는 비료용으로 나누어놓고, 나머지 조개껍질로 액세서리를 만들어보기로 했다.

나는 아직 불이 켜져 있는 마도로에 [모래 결정]을 투입했다.

사용할 소재는 무색 투명한 유리와 금속 분말을 섞어서 바다를 연상케 하는 푸른색으로 만든 유리다.

그 유리 안에 자그마한 조개껍질과 진주, 모래사장의 모래를 생각나게끔 금속 분말을 채워 넣고 틀에 넣은 뒤 유리로 가둔다.

"이제 굳는 걸 기다리기만 하면 되겠지."

그렇게 유리에 조개껍질과 진주를 넣은 펜던트 본체를 만들었고, 그것을 심플하게 사슬로 연결한 액세서리가 완성되었다.

"음. 뭐, 내가 쓸만한 물건은 아니니까 [아트리엘]에 장식할까?"

조개껍질 피어스, 진주 목걸이, 조개껍질과 진주를 넣은 유리 펜던트를 [아트리엘] 점포에 있는 쇼케이스에 적당한 가격을 매겨 장식했다.

"일단 부탁받은 건 다 만들었는데……."

해역에 도전할 때 [아트리엘]에 있는 기존의 포션만으로는 뜻밖의 사태가 벌어질지도 모른다.

"일단 [나이트비전 크림]하고 [브리싱 포션]을 만들어둘까?"

나는 약을 두 종류 만들기 위해 소재를 꺼냈다.

[나이트비전 크림]은 [이동백]의 씨앗에서 짜낸 동백기름과 생명의 물을 섞어 만든 베이스 크림에 가열해서 점성이 강해진 [셰이드 수액]을 섞은 다음 [마력 부여]의 EX 스킬을 사용함으로써 완성되는 암시능력 부여약이다.

다른 한쪽, [브리싱 포션]이란 수중 호흡 포션이다.

미리 먹어두면 일정 시간 동안 물속에서 활동할 수 있는 시간을 연장시켜 주는 효과가 있다.

단, 숨을 전혀 쉴 필요가 없는 건 아니기 때문에 10분 동안 잠수할 수 있는 [수영] 센스를 가진 플레이어의 활동 시간이 15분 정도로 늘어나는 효과다.

그리고 [수영] 센스가 없는 플레이어가 사용할 경우 익사하게 될 때까지 유예시간이 늘어나는 효과가 있다.

"이건 만든 적이 없으니까 레시피를 보면서 만들까."

나는 레시피책인 [중급 약사 기술서]의 해당 페이지를 펼치고 소재와 순서를 확인하며 만들기 시작했다.

"음…… 해초는 [시 사이드 캐비어]를 쓰는구나."

레시피에는 진한 녹색 송이가 자잘하게 달려 있는 [시 사이드 캐비어]라는 해초만 사용한다고 나와 있었다.

"이걸 물로 깨끗하게 씻어서 뜨거운 물에 삶는 거구나."

냄비 안에 오돌토돌한 해초를 넣고 물을 부은 다음 몇 번 헹궈서 이물질과 소금을 걸러냈다.

그런 다음 솥으로 옮겨서 뜨거운 물에 삶으니 선명한 녹색으로 바뀌었다.

"앗, 깨끗해진 것 같네."

그러던 와중에 선명한 녹색으로 삶아진 해초를 솥에서 건져내서 다른 냄비로 옮겼다.

"이제 이걸 빻으면 되는 건가?"

냄비 안에 들어있는 오돌토돌한 해초 송이를 뭉개자 찐득한 즙이 나왔다.

"……냄새는 해초 같은 느낌이 아니네. 좀 시원한 느낌?"

나는 빻은 [시 사이드 캐비어]의 향기에 대한 감상을 말하며 집중해서 남은 해초를 빻은 다음, 금속 소쿠리로 점액만 건져내고 농축기에 오랫동안 돌렸다.

"이러면 되겠지."

레시피대로 만든 결과 점액에서 수분이 날아가고 마지막에는 녹색 가루 같은 덩어리가 남았다.

내가 그것을 신중하게 꺼낸 다음 블루 포션과 활력수 열매로 짠 즙을 섞은 혼합액에 [시 사이드 캐비어]의 녹색 분말을 약간 넣어 녹이자 파란 혼합액이 더 진한 색으로 변하기 시작했다.

"마지막으로── [마력 부가]!"

나는 근처에 있던 포션 병에 MP를 흘려넣고 진한 바다색 포션의 스테이터스를 확인했다.

브리싱 포션 [소모품]
추가 효과 [수중 호흡 2] / 30분

[수중 호흡 2] 효과가 어느 정도인지는 모르겠지만, 완성된 브리싱 포션을 살짝 핥아보았다.

"……맛은, 응. 시원한 느낌이 강하네. 맛있는 것 같아."

남은 [시 사이드 캐비어]에서 추출한 가루의 양 등을 조정하면서 여러모로 시험해보았다.

[시 사이드 캐비어]에서 추출한 가루의 양을 늘리면 [수중 호흡]의 효과가 강해지지만, 지속시간이 짧아진다.

　　그리고 가루의 양을 너무 많이 늘리면 해초의 점성이 강해져서 실패하게 된다.

　　반대로 가루의 양을 늘리면 [수중 호흡]의 효과가 약해지지만, 지속시간이 길어진다. 그리고 넣은 가루의 양이 일정 이하일 경우에는 [수중 호흡]의 효과가 발생하지 않아서 마찬가지로 실패하게 된다.

　　"가루를 넣는 양은 1그램에서 3그램 정도까지구나. 일단 효과가 다른 포션을 몇 종류 시험적으로 만들어서 시치후쿠네 길드에게 사용감을 들어봐야겠어."

　　그날은 해역 돌파에 유용할 것 같은 포션을 만들고 그밖에도 써먹을 수 있는 레시피가 있는지 책을 읽어본 다음 로그아웃했다.

●

　　며칠 뒤, 시치후쿠네 길드에 미스릴제 바구니를 납품하기 위해 해안 에리어로 찾아갔다.

　　"오~, 하고 있네."

　　나는 갤리온 주위에서 작업하고 있던 시치후쿠 일행에게 다가가 말을 걸었다.

　　"이봐~! 부탁했던 걸 가지고 왔어~!"

"윤! 지금 갈 거여!"

시치후쿠는 길드 멤버 몇 명과 함께 나를 맞이해주었다.

"자. 이게 부탁했던 바구니야."

나는 인벤토리에서 겹쳐둔 미스릴제 바구니를 꺼내 시치후쿠 일행 앞에 늘어놓았다.

"이거면 되겠어?"

"오오, 더 반짝거릴 줄 알았는디 보기 편하네. 양철처럼 보이는디, 미스릴이라 가볍고. 잠깐만 줘보라고."

시치후쿠는 바구니를 하나 들고 눈앞에 있는 바닷가로 다가가 바닷물을 떴다.

"물도 안 새고, 좋은 바구니여. 돈은 얼마나 줘야 된당가?"

"음~. 소재의 재료비만 따지면 바구니 30개니까 300만 G 정도?"

"그럼 두 배는 줘야제. 600만 G, 일시불로다가 현금박치기여."

"아니, 그건 너무 많지 않나……."

"실력있는 생산직허고 계속 일하는데 필요한 경비니께 받아두라고."

내 상품을 깎지도 않고 오히려 더 비싸게 산 시치후쿠는 메뉴의 트레이드 기능으로 600만 G를 지불했다.

역시 중견이라 해도 길드 마스터라 그런지 돈이 많은 것 같다.

"그건 그렇고……, 갤리온을 수리하고 있는 거야?"

"아니, 그짝은 진작에 끝나부럿어. 지금은 보트를 만들고 있는디."

그 말을 듣고 해안을 보니 몇 명이서 한 조로 보트를 몇 척 만들고 있는 모습이 보였다.

"보트는 왜? 갤리온이 있으면 딱히 필요없잖아?"

"해역에 큼직한 물고기가 나오니께 보트를 미끼 삼아서 도망가불든가, 보트에 폭발물을 실어서 거기에 달려들면──. 콰앙."

내 의문에 시치후쿠가 대답해주었다.

그러고 보니 즉사 공격인 삼키기를 사용하는 바닷뱀형 MOB이 나왔다고 말했던 게 기억났다.

"우리도 그런 돌팔이 같은 짓은 하고 싶지 않은디, 살라믄 어쩔 수 없제."

"아니, 그런 문제가 아니잖아."

내가 태클을 걸자 그는 나이스 태클이라며 미소를 지었다.

"아, 그러고 보니…… 시치후쿠네가 바닷속에 들어가 있을 때는 시야가 어떤 느낌이야?"

"시야? 윤, 니도 [수영] 센스가 있으니께 알 거 아니여?"

"나는 [하늘의 눈]의 암시가 있어서 물속에서도 시야가 어느 정도 확보가 되거든."

"아~, 그런당가? 우리는 시야가 별로 밝지 않은디. 고글을 껴도 수심 100미터 넘게 들어가믄 깜깜해부러."

그렇게 깊게 들어가본 적은 없어서 뭐라 해야 좋을지 모르겠지만, 솔직히 대단하다는 생각이 들었다.

"그럼 저번에 [팔백만]하고 GVG를 할 때 썼던 [나이트비전 크림]을 줄게. 이걸 물속에서도 써먹을 수 있을지 시험해줄래?"

"저번 밤에 나갔을 때 이 아이템이 있었으믄 더 유리했을지도 모르것는디."

"물속에서의 사용감 같은 걸 보고 필요한 게 있으면 개량할 거니까. 그리고 물속에서 활동할 수 있는 시간을 늘려주는 [브리싱 포션]도 만들어봤으니까 써봐."

"참말로 윤이 여러모로 신경 써줘서 고맙다야. 내도 보답을 해야 하는디."

시치후쿠가 보답으로 메뉴의 트레이드 화면에 아이템을 올렸는데——.

"음……, 낚시 도구하고 보트?"

"[목공] 레벨을 올릴라고 너무 많이 만들어분 낚시 도구하고 지금 만들고 있는 보트랑 똑같은 거여."

시치후쿠는 왜 내게 바다낚시 도구 세트를 준 걸까.

"계기가 생겼으께 윤, 니도 낚시를 해보라고."

"저기……, 고마워."

나는 다시 작업하러 가는 시치후쿠를 쓴웃음을 지으며 보낸 다음 다시 인벤토리에 들어온 아이템을 보았다.

"……[낚시]라."

OSO를 시작했을 무렵, 취미 센스인 [낚시]를 취득하려다가 타쿠 같은 사람들이 말렸던 적이 있었다는 게 생각났다.

그 이후로는 잊어버리고 있었는데, 좋은 기회일지도 모르겠다는 생각이 들어서 바로 SP를 1 소비해서 [낚시] 센스를 취득했다.

"낚시 포인트는 채집 포인트하고 마찬가지로 [간파] 센스로 알 수 있구나."

나는 낚시 도구와 미스릴 바구니를 들고 낚시 포인트를 찾아보았다.

"앗, 저 근처가 괜찮을 것 같은데."

해안 에리어의 모래사장에서 바위쪽으로 걸어간 뒤 [간파] 센스로 찾아낸 낚시 포인트에 도착했다.

"젖으면 기분이 나쁘니까……, 수영복으로 갈아입을까?"

나는 탱크톱 수영복과 핫팬츠로 갈아입고 위에 파카를 걸친 뒤 낚시 도구 상자에서 루어를 꺼냈다.

"이건 시치후쿠가 만든 건가?"

자그마한 물고기를 본떠 만든 목제 루어를 살펴보았다.

내가 만든 금속제와는 달리 꽤 화려하고 예쁜 모양이었다.

"이건 [세공] 센스로도 만들 수 있으려나."

나는 대충 살펴본 루어를 낚싯대에 달고 바다에 던져넣었다.

참방, 그런 소리와 함께 루어가 물에 잠겼고, 부표가 파도 사이로 떠올랐다.

"……덥긴 하지만 바닷바람이 기분 좋네."

다음부터는 햇빛을 가릴 파라솔하고 낚싯대를 고정시킬 로드 홀더, 엉덩이가 아프지 않게끔 의자나 돗자리를 챙겨 오자고 마음속으로 메모했다.

"오, 당기네."

시간이 얼마 지나지 않았는데도 부표가 가라앉았고, 낚싯대를 당겨보니 물고기 한 마리가 루어를 물고 있었다.

"꽤 큰 것 같은데……."

나는 물고기 입에서 바늘을 떼어낸 다음 바닷물이 들어있는 바구니 안에 넣고 다시 낚싯대를 휘둘렀다.

멍하게 파도 소리를 들으면서 바구니 안을 헤엄치는 물고기를 바라보았다.

"전갱이 같은데. ……회, 포, 타타키, 튀김, 난반즈케도 맛있을 것 같은데."

나는 그렇게 중얼거리면서 다시 바늘에 걸린 물고기를 낚아올렸다.

차례차례 루어를 던져넣자 물고기가 연달아 걸리곤 해서 점점 재미있어졌다.

"[낚시] 센스가 아직 레벨 1밖에 안 되는데 낚이는 걸 보니 시치후쿠가 준 낚시 도구의 성능이 좋은 모양이네. ──오, 지금까지보다 손맛이……"

쭈욱 휘어진 낚싯대를 당겼지만 물고기도 거세게 저항했다.

"묵직해! 하지만 질 순 없지!《인챈트》── 어택!"

나는 자신에게 공격 인챈트를 걸어 완력을 키웠다.

물고기가 도망치지 못하게끔 도망치려는 물고기 반대 방향으로 낚싯대를 기울이며 낚아올리려 했다.

"이제 얼마 안 남았다! 낚았다! ——어어어어어?!"

물고기가 포기했는지 낚싯대를 당기는 힘이 약해졌고, 건져올리자 큼직한 물고기가 해수면 위로 튀어나왔다.

하지만 그 직후, 물고기를 쫓아온 것처럼 해수면 위로 거대한 생물의 머리가 나타났고, 공중으로 튀어오른 물고기를 삼켰다.

지금까지는 잠수하고 있어서 있는 줄도 몰랐던 그 거대한 생물은 고개를 들고 입을 우물거리며 재주도 좋게 낚싯바늘과 루어를 토해냈다.

"아하하, 이 해안에 저런 MOB이 있다는 말은 듣지도 못했는데……."

어째서 보스급 MOB이 이런 해안 에리어에 나타난 거지? 어째서 내가 낚은 물고기를 먹어치운 거지? 여러모로 의문이 들었다.

그리고 나와 거대 생물의 눈이 마주치자 시치후쿠 일행이 말했던 즉사 공격인 삼키기를 사용한다는 MOB 이야기가 머릿속을 스쳐갔고, 포기하자는 생각이 들었다.

그리고 그 거대한 생물은——.

『큐르르르르르——.』

왠지 응석을 부리는 듯한 부드러운 울음소리를 내며 내 몸에 볼을 비벼댔다.

"저기……, 왠지 데자뷔가 드는데…….'

마기 씨의 파트너인 리쿠르가 성수화했을 때도 마찬가지로 내게 응석을 부렸던 게 생각났다.

내가 마음을 가라앉히고 거대한 생물을 보자 낯익은 상대가 떠올랐다.

"……수룡, 우즈키야?"

『큐오오오오오옹!』

레티아의 사역 MOB인 수룡 우즈키는 맞다는 듯이 울음 소리를 냈다.

나는 내 몸에 비벼대는 우즈키의 머리를 쓰다듬으면서 몸을 둘러보았다.

"정말 많이 컸구나……"

우즈키가 태어난 [수룡의 알]을 드롭한 워터 드래곤 좀비보다는 조금 작긴 하지만 그래도 특대급 사역 MOB이라 할 수 있다.

"몸은 꽤 차갑고, 촉촉한 느낌에 매끈거리네."

뤼이의 갈기와 자쿠로의 털과는 달리 파충류라고 해야 하나, 용의 몸을 즐기고 있자니 우즈키는 내가 낚은 물고기가 들어 있는 바구니를 바라보았다.

"혹시 먹고 싶어?"

『큐르르르르르──.』

목을 울리며 고개를 끄덕이려는 듯이 위아래로 흔드는 우즈키.

"그래. 상관없긴 한데, 바구니에는 머리가 들어가지 않을 테고, 전부 입에 넣어주는 것도 좀 그러니까 내가 던지면 받아먹을래?"

내가 그렇게 묻자 우즈키는 바로 재촉하는 듯이 앞발 같은 지느러미로 해수면을 때리고 입을 벌린 채 내가 던져주기를 기다렸다.

그때 물거품이 튀어서 온몸이 젖은 나는 쓴웃음을 지었다.

내가 낚은 고기를 집어들고 포물선을 그리는 듯이 던지자 입으로 물고기를 받아서 집어삼켰다.

"왠지 수족관에서 먹이를 주는 것 같네."

내가 그렇게 중얼거리면서 차례차례 물고기를 던지자 긴 목을 재주도 좋게 움직여서 물고기를 먹기 시작했다.

그리고 바구니에 담겨 있던 물고기를 전부 먹은 우즈키가 아쉽다는 듯이 울음소리를 냈기에 머리를 쓰다듬어주었다.

"미안해, 그게 다야. 그러고 보니 레티아하고 같이 있어야 하는 거 아니야?"

내가 묻자 앞발 같은 지느러미로 시치후쿠네가 지은 [바다의 집]을 가리켰다.

"아, 저기 있다는 거구나. 그럼 갈까?"

낚싯대와 바구니를 인벤토리에 넣고 걸어서 [바다의 집]으로 돌아가려 했다.

하지만 우즈키는 내게 등을 돌리고 지느러미로 해수면을 때리면서 타라고 하는 것 같았다.

"타라는 뜻이야?"

『큐오오오오오옹!』

"그럼 신세 좀 질게."

내가 우즈키의 등에 올라타자 곧바로 천천히 헤엄치기 시작했고, [바다의 집]까지 가게 되었다.

"의외로 빠르네. 그리고 등이 넓어서 안정적이니까 한 파티 정도는 탈 수 있으려나?"

나는 그렇게 말한 다음 신기한 체험을 즐기면서 [바다의 집] 근처까지 돌아왔다.

[바다의 집] 처마 밑에서는 레티아와 벨, 그렇게 두 사람이 [OSO 어업조합] 멤버가 내준 요리를 먹으면서 쉬고 있었다.

레티아의 사역 MOB 중 대부분은 해안 에리어의 더위 때문에 지쳤는지 그늘에 늘어져 있는 모습이 보였다.

"앗, 우즈키가 돌아왔어요."

[바다의 집] 처마 밑에 있던 레티아를 발견한 우즈키는 지느러미로 힘껏 물을 헤치며 가속했다.

물거품을 세게 일으키며 나아가는 우즈키의 등에 달라붙어 있던 나는 우즈키가 갤리온과 비슷한 속도로 헤엄칠 수 있다는 사실에 놀랐다.

그대로 바닷물을 밀어내는 듯이 모래사장으로 올라온 우즈키에게 레티아가 다가와 맞이해주었다.

"어서 오세요. 잔뜩 먹은 모양이네요. ──[유수화]."

『큐이!』

EX 스킬인 [유수화]로 인해 안아들 수 있을 정도로 줄어
든 수룡 우즈키는 곧바로 모래사장을 기어가 레티아의 발치
쪽으로 다가갔다.

그리고 성수화한 우즈키의 몸에 가려진 듯한 모습으로 등
에 타고 있던 나는 모래사장에 내려서서 레티아 앞에 모습
을 드러냈다.

"어라? 윤 씨, 언제부터 거기 계셨던 건가요?"

"우즈키가 등에 태워줬어. 가려서 안 보였던 것 같은
데……."

내가 쓴웃음을 지으면서 대답하자 레티아가 우즈키에게
확인하려는 듯이 눈길을 돌렸다.

우즈키는 그렇다는 듯이 고개를 끄덕였고, 레티아도 이해
가 된 모양이었다.

"그럼 [바다의 집]에서 이야기할까요?"

"그래."

내가 레티아와 함께 [바다의 집]의 처마 밑으로 돌아오자
나를 본 벨이 손을 흔들었다.

생선구이를 들고 있는 벨에게 나도 살짝 인사를 했다.

"안녕, 그런데 레티아하고 벨은 왜 여기 있어?"

"시치후쿠 씨네 길드에서 [바다의 집]을 세웠다고 하길래
맛있는 걸 먹으러 왔어요."

"나는 레티아를 따라 왔고. 그건 그렇고 저번에 [팔백만]

이 주최한 대규모 원정 때 해안 에리어의 루트를 개척해두었더니 오가는 게 편하네~."

느긋한 두 사람의 대답에 맞장구를 쳤다.

"윤 씨야말로 뭐하고 계셨어요?"

"나는…… 시치후쿠에게 의뢰받은 아이템하고 시험삼아 만든 포션 같은 걸 가져다줬는데 낚시 도구 같은 걸 주길래 저쪽 바위에서 낚시를 하고 있었어."

"낚시?! 그렇다면, 신선한 물고기!"

방금 구운 옥수수를 먹어치운 레티아는 나를 기대하는 눈초리로 바라보았지만, 물고기가 없다는 사실을 말했다.

"좀 전에 우즈키가 왔을 때 낚은 물고기를 전부 먹었어. 던져주니까 잘 받아먹더라."

내가 그렇게 말하자 레티아는 혼자 물고기를 먹은 우즈키를 원망스럽게 바라보았고, 벨이 재밌다는 듯이 웃었다.

한동안 [바다의 집]의 그늘에서 시원한 음료수를 마시고 잡담을 나누면서 시간을 보냈다.

"그러고 보니 방금 들었는데, 새로운 에리어가 발견되어서 시치후쿠 씨네 길드에서 바다로 나간다던데."

"그래, 남쪽 방향에 외딴 섬이 보이더라고. 일단 나도 함께 갈 예정이야."

내가 조금 자신이 없다며 애매한 미소를 짓고 있자니 레티아가 조용히 중얼거렸다.

"남쪽 외딴 섬에는 맛있는 게 있을까요? 예를 들자면 따뜻한 지역의 과일 같은 것들요."

레티아에게 신경 쓰이는 부분은 그쪽인가? 나는 마음속으로 태클을 걸었지만, 벨은 맞장구를 치는 듯이 고개를 끄덕였다.

"어떤 곳인지 신경 쓰이긴 하지! 남쪽 외딴 섬에 미지의 푹신푹신이 있었으면 좋겠는데!"

그녀가 힘차게 말하자 나는 쓴웃음을 지었다.

"왠지 두 사람다운 이유네."

"윤 씨도 생산직으로서 어떤 소재를 얻을 수 있을지 신경 쓰일 것 아냐!"

"뭐, 그렇긴 하지."

벨이 지적하자 나는 바로 긍정했다.

그런 내 반응을 보고 레티아와 벨이 살짝 웃은 다음 두 사람은 진지한 표정으로 뭔가 생각하기 시작했다.

"둘 다 왜 그래? 갑자기 진지한 표정인데."

고개를 약간 숙이고 있는 레티아와 벨에게 묻자 두 사람이 고개를 들었다.

"레티아도 나하고 똑같은 생각이야? 나도 가보고 싶다는 생각이 든 참인데!"

"뭐?! 배는?"

"우즈키의 등에 타고 가려고요."

미소를 짓고 있는 레티아는 자신의 사역 MOB인 수룡 우즈키에게 절대적인 신뢰를 품고 해역 돌파에 도전할 생각인 것 같다.

"윤 씨하고 시치후쿠 씨네 길드가 해역 돌파를 하는 시기에 맞춰서 갈까요?"

"그래. 뭐, 시키후쿠 씨네 길드에서 정보를 받아서 밀접하게 연계를 취하자고."

그렇게 말하며 의욕을 보이는 레티아와 벨.

그렇게 새로운 플레이어가 해역 돌파 도전에 참가하게 되었고, 동료가 늘어나니 기쁜 마음이 들었다.

그날은 레티아, 벨과 함께 [바다의 집]에서 느긋하게 시간을 보냈고, 다음 날부터는 플레이어들과 연락을 취하면서 해역 돌파를 위해 준비를 진행해 나갔다.

3장   해역 돌파와 크라켄

"오~, 다들 열심히 하고 있네."

해안 에리어에서 남쪽 외딴 섬까지 얼마나 떨어져 있는지 모르기 때문에 해역을 돌파하려면 하루 정도 공략해야 할 거라 예상하고 휴일 아침 일찍부터 준비했었다.

시치후쿠 일행의 갤리온에는 이미 뮤우와 타쿠, 마기 씨 같은 사람들이 수영복 장비로 갈아입은 다음 [라이트 웨이트] 인챈트 스톤을 챙기고 승선하기 시작하고 있었다.

"시간이 아직 남았으니까 좀 둘러볼까."

나는 탱크톱에 핫팬츠 수영복에 파카를 걸친 차림으로 해역 돌파에 도전하는 다른 길드와 플레이어들을 둘러보았다.

그 사람들 중에서 눈길을 끈 것은——.

"앗, 윤. 무슨 일이야?"

소수정예로 해역 돌파를 시도하려는 세이 누나 일행이 말을 걸었다.

세이 누나도 수영복으로 갈아입고 언제든 출항할 수 있게끔 준비를 갖추고 있었다.

"부족할지도 모르니까 새로 [라이트 웨이트] 인챈트 스톤을 가지고 왔는데, 필요해?"

주문받았던 [라이트 웨이트] 인챈트 스톤 500개는 이미 넘겼고, 그것과는 별개로 만든 것을 가지고 왔다.

"윤, 고마워. 부족하진 않지만, 예비로 있었으면 했거든."

세이 누나는 미소를 지으며 새로 만든 [라이트 웨이트] 인 챈트 스톤 200개를 내게 사갔다.

"그건 그렇고 참 대단한 배네."

나는 소리내어 감탄하며 해변에 정박해 있는 [팔백만]의 날씬한 배를 보았다.

롱쉽이라 불리며 돛대가 없는 그 배는 길이가 20미터 이 상이었고, 좌우에 달려 있는 수많은 노를 추진력 삼아 나아 간다.

"길드의 생산직이 총동원되어서 만든 작품이지."

롱쉽 자체는 돛대가 없기 때문에 전체적으로 구조가 단순 하다.

그렇기 때문에 범선처럼 바람을 추진력으로 쓰지 못하는 대신 노를 저음으로써 추진력을 만들어내고, 그렇게 노를 젓는 사람들이 미카즈치네 배의 가장 큰 특징이다.

"정말 큰 길드는 자금력이 다르다니까. 저거 전부 [기계장 치 마도인형] 아니야?"

"그래. 모두 합쳐 20대, 남성형 [기계장치 마도인형]을 동 력으로 사용하는 롱쉽이지."

[기계장치 마도인형]은 사람이 아니기 때문에 지치지 않 고 계속 노를 저을 수 있다.

그리고 기계적으로 명령에 따르는 [기계장치 마도인형]들 이 일사불란하게 노를 저으면 효율이 좋은 추진력을 기대할 수 있을 것이다.

"급하게 남쪽 외딴 섬에 간다고 해도 많은 사람들을 데리고 갈 수 있는 배를 만들 시간하고 조선, 배를 조종하는 노하우가 없으니까."

"그런 건 리리나 길드 [OSO 어업조합] 쪽이 더 오래 했으니까……."

길드 [OSO 어업조합]은 리리와 함께 갤리온을 만드는데 반년 정도 시간을 들여서 배를 만드는 것과 동시에 길드 멤버들끼리 갤리온 조종 훈련을 실시했다.

"이번 기회에 우리가 해역의 정보나 문제점을 모아서 공략하기 편하게 개선해야지."

"그리고 누구든지 안정적으로 남쪽 외딴 섬까지 갈 수 있게 되었으면 좋겠어."

미카즈치와 세이 누나는 자신들의 배를 바라보며 대답했다.

길드 [OSO 어업조합]의 갤리온은 크고 화려해서 만드는 데 수고가 많이 드는 만큼 로망이 있지만, 아무나 만들 수 있는 건 아니다.

그에 비해 미카즈치네 길드의 롱쉽은 해역 돌파에 최적화된 형태 중 하나일지도 모르겠다.

"그렇구나. 그럼 난 슬슬 다른 곳으로 가볼게."

"응. 윤도 힘내."

"뭐, 오늘은 모두가 협력자이자 경쟁상대지."

세이 누나와 미카즈치가 한 말을 듣고 살짝 쓴웃음을 지으며 해역에 도전할 다른 플레이어들을 둘러보았다.

다른 플레이어들의 배는 [OSO 어업조합]의 갤리온이나 [팔백만]의 롱쉽과 비교하면 조금 뒤떨어지는 배였다.

그런 와중에 뒤떨어지지 않는 존재로 레티아의 사역 MOB인 수룡 우즈키가 있었다.

해안의 모래사장에 배가 늘어서 있는 가운데 수장룡이 한 마리 있고, 구경하러 온 플레이어들에게 음식을 받아먹고 있으니 눈에 꽤 잘 띄었다.

그런 사역 MOB의 주인인 레티아는 하얀 학교 수영복을 입고 아이스 캔디를 느긋하게 핥아 먹고 있었다. 그리고 벨은 고양이 장식이 달린 비키니를 입고 밀버드 나츠, 라나 버그 키사라기와 놀고 있었다.

"괜찮을까? 세이 누나네 길드보다 더 소수정예인데."

해상이라는 환경에서 레티아가 소환할 수 있는 사역 MOB은 한정적이다.

그런 걱정을 하고 있자니 뒤에서 누군가가 말을 걸었다.

"괜찮아. 내가 따라갈 거니까."

"에밀리 양!"

내가 돌아보자 에밀리 양이 한 손을 살짝 들며 인사했다.

크림색 머리카락을 세 갈래로 땋은 다음 고리 형태로 묶은 에밀리 양은 녹색 기반 수영복을 입고 준비를 완전히 한 상태인 것 같았다.

"레티아가 나도 이번에 같이 가자고 불러서 말이야. 내 연금 MOB이나 합성 MOB이라면 수중에서 대처할 수 있는 MOB도 있으니까 숫자만 따지면 전력은 꽤 돼."

에밀리 양이 그렇게 말하며 미소를 짓는 걸 보니 나도 이해가 되었다.

"그렇구나. 그렇게 전력을 갖추는 방법도 있었어."

"슬슬 시간 된 거 아니야? 그럼 나는 가볼게."

"응. 에밀리 양도 힘내!"

"후후, 그래. 우리 둘다 무리하지 않는 범위 안에서 힘내자."

에밀리 양과 서로 응원을 주고받은 다음 갤리온이 있는 곳으로 돌아왔다.

"윤 언니, 늦었어~!"

"더 늦었으면 그냥 출발했을 거라고!"

돌아온 나를 보고 뮤우와 타쿠가 갤리온 위에서 손을 흔들고 있었다.

"미안해! 출발하기 전에 다른 그룹을 보고 왔어!"

나는 그들에게 대답하면서 서둘러 갤리온에 탔다.

"윤도 무사히 승선했제. 준비는 다 된 거여?"

"아이템은 전부 인벤토리에 넣어두었으니까 문제없어."

배에 탄 내게 시치후쿠가 물어보았기에 그렇게 대답하자 그는 만족스럽게 고개를 끄덕였다.

"그라믄 가자고——, [보석선] 출항이여! 새로운 어장을 개척하러 가자고!"

시치후쿠의 호령과 함께 갤리온이 바다로 나아가기 시작했다.

그에 맞춰 세이 누나네 길드의 롱쉽과 레티아의 수룡 우즈키, 그리고 수많은 소형선들이 해역을 향해 나아가기 시작했다.

"한동안은 적 MOB도 안 나오니께 바다 색이 진해지는 해역부터가 진짜여. 그전까지는 마음대로 시간을 보내라고."

시치후쿠가 모두에게 그렇게 말하자 각자 시간을 보내기 시작했다.

나는 자쿠로를 불러낸 뒤 [OSO 어업조합] 사람들과 함께 낚시줄을 드리웠다.

"뭔가 잡히려나."

『뀨우~.』

물고기가 잡히길 기대하는 자쿠로는 내 옆에 앉아서 꼬리 세 개를 천천히 흔들고 있었다.

"로드 홀더도 있으니까 편하네."

배 가장자리에는 낚싯대를 고정시켜주는 로드 홀더가 있어서 물고기가 걸릴 때까지 그곳에 낚싯대를 고정시킨 다음 다른 작업을 할 수 있다.

"오, 윤 군. 뭔가 재미있어 보이는 걸 하고 있네?"

마기 씨와 클로드가 각각 파트너인 리쿠르와 쿠츠시타를 데리고 왔다.

"저번에 시치후쿠에게 낚시 도구를 받은 걸 계기로 [낚시]

센스를 취득해봤거든요."

그러던 와중에 낚싯대가 반응했고, 끌어올려보니 그럭저럭 큰 물고기였다.

"해안보다 바다로 나오는 게 더 큰 물고기가 잡히네."

내가 낚은 물고기가 갑판 위에서 파닥파닥 뛰는 와중에 자쿠로와 리쿠르, 쿠츠시타의 시선이 그쪽으로 쏠렸다.

"아하하, 눈앞에 신선한 물고기가 있으니까 먹고 싶은가 보구나. 잠깐만 기다려."

나는 물고기에서 낚싯바늘을 빼내고 그것을 다시 바다에 던져 넣은 뒤 로드 홀더에 낚싯대를 고정시키고 식칼과 도마를 꺼내 바로 손질하기 시작했다.

"고마워, 윤 군. 그건 그렇고 윤 군은 솜씨가 정말 좋구나!"

"센스 어시스트하고 마기 씨의 식칼 덕분이에요."

나는 그렇게 말하면서 물고기 살을 잘라내고 그 살 부분을 식칼로 두드린 뒤 된장과 술을 넣어 나메로우를 만들기 시작했다.

자쿠로와 리쿠르, 쿠츠시타는 접시에 담아준 나메로우를 와구와구 먹어댔다.

"맛있어?"

『뀨우~』, 『멍!』, 『냐아~.』

각각 내게 대답을 하고 다시 나메로우 접시를 본 다음 아쉽다는 듯이 접시를 핥고 있었다.

"리쿠르, 맛있는 걸 먹어서 잘 됐구나. 그런데 정말 맛있어 보이던데."

"나도 전통 술하고 같이 먹어보고 싶었다."

마기 씨와 클로드가 부럽다는 듯이 바라보았을 때, 배 반대쪽에서 환호성이 들렸다.

"월척, 잡았다아아아아아아!"

시치후쿠가 큰 소리를 지르며 거의 사람 크기만한 물고기를 낚아올렸다.

길드 [OSO 어업조합] 멤버들은 물고기의 아가미에 갈고리가 달린 막대리를 걸어서 배 위로 끌어올리고 있었다.

"오~, 엄청 크네."

내가 소리내어 감탄하는 동안에 사람들이 다랑어 비슷하게 생긴 물고기를 둘러싸고 모였다.

그중에는 사역 MOB들도 있었고, 기대에 찬 눈초리로 커다란 물고기를 올려다보고 있었다.

"좋았어, 기운도 좀 낼 겸, 이 녀석을 해체해불자고!"

ㅠㅠ좋았어어어어! 시작하자!ㅠㅠ

시치후쿠가 한 말을 듣고 갑판에 환호성이 울려퍼졌고, 갑판 위에 테이블을 마련하기 시작했다.

그 위에 얹힌 다랑어 비슷한 물고기를 시치후쿠네 길드 [OSO 어업조합] 멤버들이 협력해서 해체해 나가자 그 모습을 본 뮤우와 타쿠 같은 플레이어들이 환호성을 질렀다.

"정말 긴장감이 없네."

나는 곤란하다는 듯이 한숨을 쉬면서 그 모습을 바라보

았다.

"괜찮아, 윤 군. 지금부터 긴장해봤자 소용없으니까."

"그리고 해역에서 적 MOB과 어떻게 마주치는지 시스템을 알고 있다면 지금 같은 상황에서는 마음을 놓아도 된다는 걸 알 수 있지."

"해역의 시스템?"

나는 고개를 갸웃거리면서 클로드에게 물었다.

보아하니 시치후쿠네 길드 사람들이 소형선을 타고 여러 번 해역으로 나가 조사와 검증을 반복하고 있었던 것 같다.

그 결과——.

"해역은 지상 필드와 달리 임의로 적 MOB을 찾는 게 아니라 일정 시간마다 생기는 웨이브 판정에 성공하면 해역에 설정되어 있는 각종 이벤트가 발생하는 것 같더군."

예를 들어 저번에 갤리온을 타고 해역에 침입했을 때처럼 적 MOB과 마주쳤던 것 말고도 바다에서 표류물을 발견하거나 아이템 같은 것들을 인양할 수 있는 포인트를 발견할 수도 있고 해일이나 소용돌이 같은 것과 마주치는 등, 여러 가지 이벤트가 랜덤으로 발생하는 모양이었다.

반대로 이벤트가 전혀 발생하지 않는 경우도 있는 것 같다.

"그런 조우 시스템이 채용되었다. 그리고 적 MOB과 마주쳤을 때는 격파하거나 일정시간 경과, 또는 도망치면 전투가 끝나는 것 같다."

"그렇구나, 그런 웨이브 판정 사이에 다음 준비를 갖추면 되는 거고."

그 이야기를 들은 나는 마치 보드게임 같다는 생각이 들었다.

그리고 경치가 거의 비슷한 바다 위이기 때문에 배 같은 거점을 일정 주기마다 습격하는 적 MOB에게서 지키는 타워 디펜스 요소도 있는 것 같기도 했다.

"그리고 배를 타고 있는 플레이어의 숫자에 따라 나타나는 적 MOB이 변하는 것 같더군. 사람이 적으면 습격하는 적 MOB이 약해진다고 한다."

"그렇다면 사람이 적을수록 유리하다는 건가?"

"항상 그렇진 않은 것 같던데. 바다 위에서는 공투 페널티가 해제되니 인원이 많더라도 적 MOB을 빠르게 처리하면 소모도 줄일 수 있고, 인원이 적더라도 전투에 시간을 많이 뺏기면 다음 웨이브 판정 때 새로운 적이 나타나서 오히려 소모가 커지는 경우도 있다니까."

""호오~.""

나와 마기 씨는 클로드의 설명을 듣고 소리내어 감탄했다.

"뭐, 시치후쿠네 길드에서 검증한 거지만 아직 충분하지 못한 부분도 있다."

"그래도 그 정도만 알고 있으면 숨을 돌릴 수 있다는 거지? 오, 물고기다!"

나는 배 가장자리에 있는 로드 홀더에 고정시켜 두었던 낚싯대가 당겨지고 있다는 걸 눈치채고 물고기 한 마리를 건져올려 인벤토리에 넣었다.

그렇게 적 MOB이 나오는 해역까지 긴장감이 없는 항해가 계속되었고, 갤리온 뒤에는 수많은 배가 따라오고 있었다.

그리고 눈앞에 선명한 녹색과 진한 남색의 경계가 보이는 곳까지 배가 나아갔다.

●

"지금부터 저 해역에 돌입해서 남쪽 외딴 섬으로 간다! 다들 준비는 됐겠지!"

ㅠ──그래!ㅛ

길드 [OSO 어업조합] 멤버들이 갤리온 곳곳에 배치되는 와중에 나도 내 역할을 수행했다.

"윤 언니, 부탁해!"

"알았어!《존 인챈트》── 어택, 디펜스, 스피드!《존 라이트 웨이트》!"

뮤우와 타쿠 일행에게 삼중 인챈트와 물 위에서 걸어다닐 수 있게끔 경량화 스킬을 걸어 준비를 갖추었다.

"지금부터는 적 MOB하고도 마주칠 거여! ──전속력으로 전진!"

그리고 갤리온은 돛으로 바람을 받으며 단숨에 남색 해역으로 돌입했다.

잠시 후 저번에 봤던 것과는 다른 종류의 물고기형 MOB

무리가 습격해 왔다.

"윤 군, 이쪽으로 피해!"

"네, 네!"

자쿠로를 안고 있던 나는 마기 씨와 함께 저번과 마찬가지로 마법사들이 쳐둔 방어 마법 안쪽으로 피했다.

저번보다 나타난 물고기형 MOB의 숫자가 적었기에 갑판 위에서만 싸워도 충분했다.

시치후쿠는 속력을 높인 갤리온으로 물고기 무리를 가르려는 듯이 돌진했다.

"섬멸할라고 속력을 떨어뜨리믄 바보 같은 짓이제! 오늘은 온 힘을 다해가꼬 도망칠 거여! 다들 안 떨어지게끔 꽉 잡으라고!"

"으앗, 흔들린다! 흔들려!"

갤리온이 물고기 무리를 뚫고 지나갔지만, 그럼에도 불구하고 배를 쫓아오는 물고기들에게 뮤우를 비롯한 마법사들이 해해수면에 마법을 날렸고 거센 물기둥이 치솟았다.

거친 조타와 마법의 여파로 인해 나는 근처에 있던 것을 붙잡고 절대로 바다에 떨어지면 안 된다고 마음속으로 다짐했다.

내가 갤리온 뒤쪽을 확인해보니 물고기 무리로부터 도망치는데 성공했는지 물고기 그림자가 바닷속으로 사라지기 시작했다.

확인한 김에 [하늘의 눈]으로 다른 배의 상황을 살펴보았다.

"세이 누나하고 미카즈치 쪽은 문제가 없네, 역시 대단해."

소수 정예인 미카즈치 일행은 [기계장치 마도인형]에게 노를 맡기고 전투를 벌이기 시작한 갤리온과 맞먹는 속도로 바다를 가로질렀다.

그리고 배에 탄 인원이 적었기에 습격하는 적 MOB도 소수였고――.

"――《아이스 에이지》!"

세이 누나가 배 뒤쪽 해수면에 얇은 얼음을 깔아 물고기의 돌격을 가로막았다.

그럼에도 불구하고 얼음을 뚫고 튀어나온 적 MOB은 미카즈치 같은 [팔백만]의 전위들이 차례차례 쳐내고 있는 모습이 보였다.

"……세이 누나라면 바다에 얼음 발판을 만들어서 지나갈 수도 있지 않을까?"

문득 그런 생각이 들었다.

내 《라이트 웨이트》도 물 위를 걸어다닐 수 있으니 이론상으로는 계속 효과가 지속되게만 하면 계속 걸어다닐 수 있다.

하지만 해상 전투는 익숙하지 않고, 남쪽 외딴 섬까지 계속 걸어간다는 건 현실적이지 않을 것 같았기에 고개를 저었다.

그다음에 본 곳은 우즈키 등에 타고 있는 레티아 일행이었다.

에밀리 양이 소환한 합성 MOB과 연금 MOB의 호위를 받으며 느긋하게 바다를 나아가고 있었다.

『큐오오오오오옹!』

오히려 우즈키는 달려드는 물고기형 MOB의 움직임에 맞춰서 긴 목을 움직여 삼키고 있었다.

그 등에 타고 있는 라나 버그 키사라기는 엉덩이에서 끈적거리는 실을 바다에 드리우고 적 MOB을 낚고 있었다.

"오, 나츠가 이쪽을 보고 있네. 이봐~!"

내가 갤리온에서 밀버드 나츠에게 손을 흔들자 레티아도 이쪽을 보고 손을 살짝 흔들었다.

보아하니 레티아는 나츠와 시각을 공유하는 [조교] 스킬을 사용해서 주위를 감시하고 있었던 것 같다.

그런 느낌으로 내가 알고 지내는 사람들은 선전하고 있지만──.

"다른 배는 꽤 고전하고 있는 것 같네."

바다에서 차례차례 적 MOB이 나타나서 그쪽을 대처하느라 배가 멈춘 파티.

바다에 떨어져서 그대로 가라앉아 탈락한 플레이어.

[수영] 센스를 가지고 있는데도 전투에 너무 정신이 팔려 배에서 멀어진 뒤 떠내려간 플레이어 등, 여러모로 대책을 제대로 세우지 못했다는 느낌이다.

하지만 적 MOB은 발판의 기점인 배 자체를 적극적으로 공격하지 않기 때문인지 포션과 아이템을 많이 사용해서 겨우 적 MOB의 습격을 막아내고 있었다.

"그래도 저러면 안 되지."

배를 적극적으로 공격하지 않는다 해도 서서히 대미지가 축적되고 내구도가 다 떨어진 배와 함께 가라앉은 플레이어들이 생기기 시작했다.

"역시 배의 내구도와 대책이 없으면 힘들겠구나."

소형선에는 속도를 올려주는 요소와 내구도를 올리기 위해 장갑을 달 필요가 있을지도 모르겠다.

그런 식으로 주위를 관찰하고 있자니 해역에 돌입한 뒤 한 시간이 지났고, 습격 횟수는 여섯 번 정도, 그동안 갤리온은 모든 적에게서 도망치는 형태로 전투를 마쳤고 적게나마 적 MOB와 접촉한 뮤우와 타쿠 같은 플레이어들이 효율적으로 물리치고 있었다.

나는 정기적으로 인챈트를 다시 걸어주기만 했다.

때때로 랜덤하게 발생하는 이벤트로 해수면 위로 떠오른 아이템이나 보물 상자를 시치후쿠 같은 플레이어들이 바다로 뛰어들어 건져내기도 했다.

그동안 따라오던 다른 배들은 거의 대부분이 침몰하거나 철수했고, 남은 것은 시치후쿠네 길드의 갤리온과 미카즈치네 길드의 롱쉽, 레티아의 수룡 우즈키를 포함해서 열 척도 되지 않았다.

그로부터 30분 뒤. 드디어——.

"보인다! 그 스크린샷에 나온 외딴 섬 같은 윤곽이 보이기

117

시작했어!"

갤리온의 파수대에 있던 관측자가 우리의 목표인 남쪽 외딴 섬을 발견한 모양이었다.

그 목소리를 들은 뮤우와 타쿠 같은 사람들은 함수 쪽으로 달려가 몸을 내밀며 윤곽을 보려 했다.

"으으……, 안 보여! 파도 때문에 수평선이 잘 안 보여!"

"이 높이에서 보려면 좀 더 다가가야 하려나."

배 앞쪽에서 그런 목소리가 들리자 나는 쓴웃음을 지으면서 그 모습을 함교에서 지켜보았다.

──쿵.

그때, 배 바닥에 무언가가 부딪힌 듯한 소리가 울렸다.

"응? 뭐지?"

"배 바닥에 무슨 표류물 같은 게 부딪힌 거 아니여?"

배를 타고 있던 모든 플레이어들이 고개를 갸웃거리던 와중에── 쿵, 쿵! 배 바닥을 때리는 소리가 들렸고 배가 크게 흔들리기 시작했다.

"뭐, 뭐야! 분명히 이상하다고!"

나는 불규칙적으로 흔들리는 배의 난간을 잡고 대비했다.

그리고 배의 좌현쪽 바닷물이 치솟았고, 그곳에서 거대한 오징어가 모습을 드러냈다.

"저 녀석은 대체 뭐야……."

올라다봐야 할 정도로 거대한 오징어형 MOB──, 크라켄은 무기질적인 눈으로 갤리온을 바라보았고, 수많은 촉수가 갤리온 측면에 달라붙었다.

크라켄의 촉수에는 뾰족뾰족한 톱 같은 이빨이 달려 있었고, 달라붙는 것과 동시에 그 이빨이 파고들어서 갤리온을 삐걱대게 만들었다.

그렇게 배에 달라붙은 촉수 끄트머리를 보니 불가사리처럼 끄트머리가 갈라져 있었고, 그 안쪽에 발톱이 달린 빨판이 있었다.

"뭐여! 이런 건 처음 보는디!"

"윽?! 최대한 내 뒤로 피해! ──《포트리스》! 《와이드 가드》!"

가장 먼저 위기라는 것을 감지한 케이는 순식간에 수영복에서 전신 갑옷과 대형 방패 풀 세트 장비로 갈아입고 마미 씨 같은 사람들 앞으로 나서서 방어 계열 스킬을 사용했다.

그리고 케이 뒤로 재빨리 피한 사람들은 마미 씨와 니미츠 말고도 근처에 있던 뮤우네 파티뿐이었다.

케이의 방어 범위에 들어가지 못한 타쿠와 간츠는 근처에 있던 밧줄을 잡고 대비했다.

함교에 있던 나와 비전투원인 마기 씨 일행, 그리고 배의 속력을 유지하고 있는 풍속성 마법사들은 호위를 맡고 있는 마법사들의 방어 마법으로 지켜지고 있었다.

『──크어어어어어어어어어엉!』

바다를 뒤흔드는 것 같은 울음소리와 함께 크라켄의 촉수가 해수면 위로 튀어나왔고, 배의 돛대보다 더 높게 솟구쳤다.

갑판에 있던 시치후쿠네 길드, [OSO 어업조합] 사람들은 뻗어온 크라켄의 촉수를 멍하게 바라보았다.

곧바로 크라켄의 촉수가 해수면에 거세게 부딪혔고, 그 충격이 커다란 해일이 되어서 갤리온을 덮쳤다.

갤리온은 크게 흔들렸고, 바닷물이 갑판으로 거세게 밀어닥쳤다.

"크윽?! 뮤우! 타쿠!"

거센 충격으로 인해 비틀거리던 나와 마기 씨를 자쿠로가 꼬리 세 개로 받쳐주었고, 다른 곳보다 높은 함교 부근에 있었기에 밀어닥친 바닷물에 떠내려가진 않았다.

"우오오오오오옷!"

케이는 갑판에 밀어닥친 바닷물의 충격을 혼자서 대형 방패로 막으며 뒤에 숨은 마미 씨 일행을 지키고 있었다.

로프를 붙잡고 있던 타쿠와 간츠는 어떻게든 해일에 저항하려 했지만 바닷물의 충격으로 인해 HP가 점점 깎여나가고 있었다.

그리고 크라켄의 해일에 미처 대비하지 못한 시치후쿠 일행은 갑판에서 떠내려간 건지 보이지 않았다.

"시치후쿠……, 그리고 다른 사람들은……."

갑판 위에서 그렇게 바쁘게 돌아다니고 있던 [어업조합] 멤버들이 바닷물로 인해 단숨에 떠내려갔다.

이렇게 도망칠 곳도 없는 바다 위에서 크라켄과 맞서야만

한다는 사실에 절망감이 느껴졌다.

"너무 힘든디! 해일 넉백 때문에 배에서 떨어져불다니, 대책이 없으믄 그냥 끝장 아니여?"

시치후쿠의 목소리가 들려서 바닷물에 떠내려간 방향을 보니 시치후쿠 일행이 해수면 위로 머리를 내밀고 갤리온으로 돌아오고 있었다.

해일의 일격에 당한 플레이어는 다들 HP의 2~3할 정도 대미지를 입은 상태였다.

"시치후쿠 씨! HP를 회복시킬게! ──《메가 힐》!"

"꽤 거창하긴 하지만 대미지는 크지 않은 모양이네! ──《하운드 하이 힐》!"

뮤우와 미니츠는 크라켄의 해일에 맞아 대미지를 입은 플레이어들의 HP를 회복시켜나갔다.

해일을 일으킨 긴 촉수는 다시 바닷속으로 숨었고, 그 대신 갤리온에 달라붙어 있던 촉수 끄트머리가 갑판 위에서 사냥감을 노리려는 듯이 흔들거리고 있었다.

"으아앗! 나를 노린 거냐! 아야야야야! 피부에 꽂혔어, 진짜 아프다고!"

마침 촉수 아래쪽에 있던 간츠가 표적이 되었고, 불가사리처럼 갈라진 촉수 끄트머리에 붙잡혔다.

해상 전투에 대비해서 수영복 장비를 입고 있었기에 간츠를 붙잡은 촉수의 발톱 달린 빨판이 파고들어서 지속 대미지를 입히기 시작했다.

"공격할 준비가 되었어요! ──《에어로 캐논》!"

"우리도 가자고, ──《리틀 토네이도》!"

"후후후, ──《플레임 서클》!"

케이가 지켜주고 있는 마법사 마미 씨, 코하쿠, 리레이가 선체에 피해를 입히지 않게끔 크라켄의 본체에 마법을 날렸다.

"끄아아아아악! 던져버리다니이이이이……."

그 공격을 맞고 비틀 듯이 몸을 움직인 크라켄은 잡고 있던 간츠를 멀리 내던졌다.

격투가인 간츠는 공중에서 자세를 바로잡았고, 《라이트 웨이트》 스킬 덕분에 해수면 위에 착지한 뒤 곧바로 갤리온으로 뛰어서 돌아왔다.

그동안에도 뮤우와 타쿠 같은 전위들이 갤리온에 달라 붙어 있는 촉수에 공격을 가하거나 다시 플레이어를 잡으려 하는 끄트머리가 갈라진 촉수를 피하기 위해 갑판 위를 뛰어다녔다.

"HP 바가 안 뜨는데? 어떻게 된 거야!"

촉수의 해일 공격을 막았을 때처럼 다시 방어 태세를 취하고 있던 케이는 대미지를 얼마나 입혔는지 알 수가 없을 정도로 손맛이 느껴지지 않자 소리를 질렀다.

"특수 계열 전투겠지! 일정 시간이 지나야 하거나, 일정한 대미지를 입히면 격퇴하는 거!"

그러자 타쿠가 지금까지 게이머로서 쌓아온 경험을 통해

허둥대지 않고 처음 상대하는 크라켄에게 대처하려 했다.

그리고 크라켄이 나타난 것을 본 세이 누나와 미카즈치의 롱쉽, 그리고 수룡 우즈키, 그밖에 살아남았던 배들이 크라켄이 있는 곳에서 거리를 벌리고 갤리온을 지나쳤다.

"나는 아무것도 할 수 있는 게 없나……."

크라켄과 전투를 벌이고 있는 타쿠 일행과는 달리 해일에 노출되지 않은 함교에서 방어 마법 안쪽에 틀어박혀 있던 나는 아무것도 할 수 없는 상황이 답답하게 느껴졌다.

크라켄의 촉수가 감겨서 크게 흔들리고 있는 갤리온 위에서는 화살도 안정적으로 쏠 수가 없다.

"윤 군, 지금은 참을 때야."

"마기 씨……."

"괜찮아. 그리고 윤 군은 인챈트 같은 걸로 지원을 해주고 있으니까."

마기 씨는 내 손을 잡고 미소를 지었다.

그래서 나는 뮤우와 타쿠 일행을 믿고 지켜보기로 했다.

"다른 배헌티 추월당하는 건 마음에 안 드는디……. 얘들아, 크라켄에게 반격해불고 얼른 추월한 배를 쫓아가자고!"

바다 남자의 자존심이 그렇게 만든 건지 살의를 드러내는 [OSO 어업조합] 멤버들이 크라켄의 촉수를 더욱 거세게 공격하며 대미지를 입히기 시작했다.

"시치후쿠네에게 질 수는 없지! 팍팍 공격하자!"

"나도 지지 않을 거야!"

시치후쿠를 보고 기운을 차린 타쿠와 뮤우 일행도 경쟁하는 듯이 크라켄에게 공격을 가하기 시작했다.

"봐, 괜찮지?"

"네. 그렇네요."

힘차게 갑판 위를 돌아다니는 플레이어들을 방해하지 않는 것도 내 역할 중 하나라는 것을 이해하고 지켜보았다.

그리고──.

"좋았어, 촉수 중 하나를 잘라냈다!"

갤리온에 달라붙어 있던 크라켄의 촉수 중 하나가 잘려나갔고, 인벤토리에 크라켄의 드롭 아이템이 들어왔다.

그러자 크라켄은 갤리온을 잡고 있던 촉수를 풀고 바닷속으로 스르륵 가라앉기 시작했다.

"물리친 건가?!"

누군가가 희망적인 말을 했지만, 그 직후에── 크라켄이 울부짖었다.

"──크어어어어어어어어엉!"

바다를 뒤흔드는 것 같은 울음소리와 함께 크라켄의 머리가 조금 올라갔고, 입처럼 생긴 부위가 드러났다.

그리고 하얗던 크라켄의 몸 색깔이 검은색으로 변하기 시작했다.

그리고 크라켄의 입에서 방수차가 물을 뿜어내는 것처럼 까맣고 끈적한 액체가 날아들었고, 갑판 위에 있던 플레이어들은 피하지도 못하고 검은 액체를 제각각 뒤집어쓰게 되었다.

"으앗?! 이게, 뭐야, 까맣고, 찐득찐득해!"

그것은 지금까지 안전지대에 있던 나와 마기 씨, 클로드도 마찬가지였고, 몸에 찐득찐득한 게 달라붙었다.

"꺄악?! 진짜, 이게 뭐야, 최악이네! 내 눈이 새까맣게 변했어!"

"뮤우 양, 괜찮으신가요? 꺄악, 튀어서 발치가……"

하얀색 기반 수영복을 입고 있던 뮤우는 몸과 수영복에 검은 먹물을 뒤집어쓰자 매우 기분 나쁘다는 표정을 짓고 있었다.

그리고 갑판에 고여 있는 까만 점액 웅덩이에 발을 내디디면 튀어서 발치에 묻는다.

하지만 검은 점액을 뒤집어쓰더라도 몸이 튕겨냈기에 달라붙지 않고 흘러내렸다.

"크라켄의 오징어먹물? 독은 없는 것 같은데."

입에 조금 넣어봤지만 독 같은 상태이상은 걸리지 않았고, 아무도 몸이 안 좋아지거나 대미지를 입지 않은 것 같았다.

"그냥, 괴롭히는 거……, 앗!"

마지막 순간에 불쾌하게 만드는 오징어먹물을 내뱉은 건지 의아해하는 우리 앞에서 크라켄이 다시 긴 촉수를 높게 들어올렸다.

"크윽, 대기 시간이 부족해! ——《와이드 가드》!"

케이가 방어 범위 확대 스킬을 사용한 뒤 앞으로 나섰다.

다시 해일 공격이 다가오는 와중에 나는 늦었다는 것을 깨닫고 보이는 범위 안에 있는 모두에게 인챈트를 걸려 했다.

"──《존…….》"

내려친 촉수가 다시 거센 해일을 일으켰고, 대량의 바닷물이 갑판 위를 덮쳤다.

그리고 갑판 위에 있던 플레이어들은 오징어먹물과 함께 다시 떠내려가게 되었다.

●

오징어먹물과 해일이라는 선물을 남긴 크라켄은 남쪽 외딴 섬을 향해 하얀 그림자를 바닷속에 드리우고 해수면에 거품을 일으키며 헤엄쳐갔다.

나는 크라켄이 떠난 뒤 눈앞에 펼쳐진 상황을 보고 멍해졌다.

정면으로 해일을 막아낸 케이는 HP를 7할 이상 잃고 [기절 4] 상태이상에 걸린 채 갑판에 쓰러졌다.

케이가 지켜주고 있던 마미 씨와 미니츠, 뮤우 일행은 해일에 쓸려가지 않고 무사했지만, 어느 정도 대미지를 입은 상태였다.

타쿠와 간츠, 시치후쿠 일행은 근처에 있던 것을 붙잡고 해일을 견뎌내려 했지만 기세에 밀려서 갑판 밖으로 떠내려가버렸다.

"미니츠! 모두를 회복시켜!"

"내게 맡겨──,《메가 힐》!《리셋》!"

마미 씨가 미니츠에게 케이와 뮤우 일행을 회복시켜달라고 지시하자 나는 정신이 번쩍 들었다.

"누가 떠내려갔는지 점호를 해! 헤엄칠 수 있는 녀석들은 배 바깥으로 떠내려간 플레이어들을 회수하고!"

나는 자쿠로를 마기 씨에게 맡긴 뒤 갤리온 함교에서 바다를 들여다보았다.

해수면에는 해일에 쓸려간 플레이어들 중 절반 가까이가 움직이지 못하고 파도에 떠다니는 것이 보였다.

"역시 [기절] 상태이상이구나! 혼자서 돌아오는 건 힘들겠어!"

플레이어는 한 번에 일정 비율 이상 HP를 잃으면 [기절] 상태이상에 걸리는 경우가 있다.

나는 그렇게 기절해서 가라앉기 시작한 플레이어들을 구하기 위해 갤리온에서 바다로 뛰어들었다.

가라앉기 시작한 플레이어들을 쫓아가다 보니 물속에서 무사했던 시치후쿠와 눈이 마주쳤다.

[기절] 상태이상에 걸리진 않았지만 해일에 쓸려가서 HP가 절반도 남지 않을 정도로 큰 대미지를 입은 시치후쿠는 플레이어들의 구조를 우선시하고 있었다.

물속에서 플레이어들을 한 명씩 확보한 나와 시치후쿠는

올라가자는 듯이 손으로 신호를 보낸 뒤 해수면 위로 얼굴을 내밀었다.

"푸핫! 길드 멤버를 회수했어! 남은 HP가 절반 이하고 [기절] 상태니까 회복시켜줘!"

"알았어!"

나는 시치후쿠에게서 기절한 플레이어를 받아 갤리온까지 끌고 갔다.

갤리온의 갑판에서는 클라우드가 지휘를 맡고 있었고, 나, 그리고 떠내려가긴 했지만 [기절]하지 않은 [OSO 어업조합] 멤버들이 회수한 플레이어들을 끌어올리고 있었다.

그리고 리리가 파수대로 올라간 다음 불사조 네시아스에게 지시를 내려 플레이어가 가라앉은 곳의 상공에서 빙빙 돌게 했다.

나와 시치후쿠네 길드 멤버들은 그쪽으로 헤엄쳐가서 차례차례 [기절]한 플레이어들을 회수했다.

"윤. 아까 그건 어떻게 한 거여? 첫 번째는 막드만, 두 번째는 못 막던디. 그 차이는 뭐당가?"

플레이어들을 회수하던 중에 시치후쿠가 크라켄의 해일 공격으로 인해 입은 피해의 차이에 대해 물어보았다.

"맞기 직전에 오징어먹물을 뒤집어썼잖아. 거기에 닿은 플레이어의 강화 효과가 사라진 것 같아."

내가 모두에게 걸었던 각종 인챈트와 경량화 버프인《라이트 웨이트》, 케이가 발동시킨 방어 계열 스킬, 그리고 플레이어들이 각자 사용하던 자기 강화 스킬이나 포션 등 소모품의 효과가 전부 사라졌다.

그 때문에 크라켄의 해일을 기본 스테이터스로 전부 맞아서 피해가 커진 것 같다.

"미안해. 내가 알아챘을 때 인챈트를 다시 사용할 걸 그랬어."

"그건 어쩔 수 없제. 그건 됐고, 얼른 사람들이나 건지자고!"

그렇게 말한 시치후쿠는 다시 바닷속으로 들어가 해일에 떠내려간 플레이어들을 찾기 시작했다.

[기절]하지 않고 혼자서 갤리온으로 돌아온 [OSO 어업조합] 멤버들은 뮤우와 미니츠 일행이 회복시켜준 다음 다른 플레이어들을 찾는 걸 도와주었다.

[기절]해서 바다에 가라앉은 플레이어들은 질식 상태로 지속 대미지를 입고 HP가 0이 되었지만, 갑판으로 끌어올린 다음에 소생시켰다.

"간다! ──《리바이브》!"

"자, 다음 사람! ──《리바이브》!"

회복 마법을 사용할 수 있는 뮤우와 미니츠는 레벨이 올라서 소생 스킬을 습득했는지 차례차례 플레이어들을 깨워나갔다.

그리고 플레이어들을 대충 회수하고 마지막으로 수색에 나섰던 나와 시치후쿠가 갑판 위로 올라왔다.

"윤, 슬슬 가자고."

"허억, 허억……, 아직 타쿠를 못 찾았는데!"

확인해보니 타쿠만 유일하게 발견하지 못한 상태였다.

"[기절] 상태로 바닷속에 떨어진 뒤로 시간이 너무 많이 지나부렀어. HP가 바닥나서 죽어 돌아갔을 건디."

시치후쿠가 나를 그렇게 달랬지만, 그렇다면 죽어서 돌아갔다고 프렌드 통신으로 연락 정도는 했을 것 같다.

"다음 웨이브 시간도 다가오고 있으니께. 우리는 크라켄의 오징어먹물 때문에 [나이트비전 크림]하고 [브리싱 포션] 효과도 없어져부렀고. 남은 것도 없으니께 수색하긴 힘들다고."

타쿠를 아직까지 찾지 못한 걸 보니 잘 안 보이는 곳에 깊게 가라앉았을 가능성이 있다.

그리고 [나이트비전 크림]으로 암시를 부여할 수 없는 시치후쿠 일행은 더 이상 수색하기가 힘들었고, [블리징 포션]도 시험 제작한 것이라 많이 만들진 않았다.

슬슬 수색을 중지할 타이밍인 것이다.

"……알았어."

"이해해준 모양인디."

"그래, 나는 타쿠를 찾은 다음에 따라갈 테니까 다들 먼저 가도 돼!"

나는 그렇게 말한 다음 갑판에서 해수면을 향해 뛰어들었다.

"미안해! 역시 찾는 걸 포기하는 건 나하고 안 맞는 것 같아. 철저하게 찾아볼 거야."

내 행동을 보고 시치후쿠 같은 사람들이 놀라고 있는 와중에 내가 자쿠로를 맡긴 마기 씨는 배의 난간 너머로 몸을 내밀고 내게 말을 걸었다.

"그럼 자쿠로는 내가 맡고 있을게! 윤 군은 타쿠 군하고 같이 와야 해!"

"네! 자쿠로를 부탁드릴게요!"

나와 마기 씨가 이야기를 주고받는 걸 보고 내 마음이 바뀌지 않을 것이라 짐작한 시치후쿠는 한숨을 쉰 다음 전진하라는 신호를 보냈다.

돛이 천천히 바람을 받고 나아가는 갤리온을 보던 나는 얼마 남지 않은 [브리싱 포션]을 마셔서 물속에서 활동할 수 있는 시간을 늘렸다.

나는 [하늘의 눈]의 암시 능력에 의존하며 어두운 바닷속으로 잠수했다.

(타쿠는 어디 있지? 어디로 떨어진 거야?!)

흘러가서 [기절]한 플레이어 중에는 시간이 지나자 상태이상이 해제되어서 혼자 복귀한 사람도 있었다.

타쿠는 그래봬도 폐인급 플레이어다.

그러니 [기절]한 채로 물속에서 질식해서 HP가 0이 되었다 해도 품질이 좋은 [소생약]을 가지고 있을 테니 혼자서 부활할 수 있다.

그럼에도 불구하고 시간이 한참 지났는데 나타나지 않고, 죽어서 돌아갔다는 프렌드 통신도 없는 걸 보니 아직 이 바다에 있을 것 같았다.

그리고 내가 온 힘을 다해 찾고 있자, 곧 [간파] 센스에 반응이 있었다.

(타쿠다!)

바닷속에서 거대한 대왕조개에게 발목이 잡혀 있는 타쿠를 발견했다.

발이 꽉 껴서 해수면 위로 올라오지 못했던 모양이다.

타쿠는 양손에 들고 있던 장검 두 자루로 대왕조개의 껍질을 벌리려 했지만 틈새로 장검을 끼워넣지 못해서 대미지를 입힐 수가 없었다.

그런 상황에서 거대 대왕조개에게 낀 발목과 질식 지속 대미지를 받던 타쿠는 내 눈앞에서 HP가 0이 되었다.

소생약을 사용한 타쿠는 다시 HP를 회복해서 거대 대왕조개에게 저항했다.

(타쿠는 소생약을 몇 번이나 썼을까…….)

나는 마음속으로 그렇게 중얼거리며 필사적으로 살아나려 하는 타쿠에게 다가가 어깨를 살짝 두드렸다.

내게 맡기라고 몸짓으로 전한 다음 인벤토리에서 해체식 칼 창무를 꺼내 대왕조개 틈새로 찔러넣었다.

안에 있던 관자를 자르자 대왕조개가 열렸고, 타쿠의 한쪽 다리가 풀려났다.

나는 타쿠와 함께 해수면 위로 떠 올라 숨을 크게 들이쉬었다.

"푸핫! 허억, 허억……, 윤, 덕분에 살았어. 진짜 죽는 줄 알았다니까. 뭐, 소생약을 다섯 번 정도 쓰긴 했지만."

"허억, 허억……, 무사해서 다행이야."

나는 인벤토리에서 시치후쿠에게 받은 바다낚시용 보트를 꺼낸 다음 그 위로 타쿠와 함께 기어올라 갔다.

"맞아……, 시치후쿠의 갤리온은?"

"저기 있어."

숨을 돌린 타쿠가 근처를 둘러보며 갤리온을 찾았고, 내가 남쪽 방향을 손가락으로 가리켰다.

희미하게 보이는 남쪽 외딴 섬과 그쪽으로 향하는 갤리온의 뒷모습이 보였다.

"계속 타쿠를 찾아주긴 했는데, 네가 가라앉은 깊이는 [암시]가 없으면 찾기가 힘드니까. 나만 남고 다른 사람들은 먼저 보냈어."

"그렇구나. 다른 사람들에게 폐를 끼쳐버렸네."

타쿠는 곤란하다는 듯이 웃으며 보트 위에서 축 늘어졌다.

"해일에 떠내려가서 [기절]했고, 가라앉았던 곳에 있던 거대 조개에게 발목을 잡혀서 움직이지 못하게 되다니, 운도 참 안 좋지."

나는 자조하는 듯이 웃는 타쿠에게 진지한 표정을 지으며 사과했다.

"크라켄의 오징어먹물 때문에 내 인챈트하고《라이트 웨이트》효과가 사라졌어. 내가 바로 인챈트를 다시 걸었다면 해일의 피해가 커지지도 않았을 텐데. 그러니까── 미안해."

내가 그렇게 말하며 고개를 숙이자 타쿠는 오른손을 내밀었고── 따악! 이마에 충격이 느껴졌다.

"야앗?! 무, 무슨 짓이야!"

내가 이마를 누르며 고개를 들어보니 타쿠가 내민 오른손 가운뎃손가락을 튕겨서 딱밤을 먹인 것 같았다.

타쿠는 ATK 스테이터스가 높아서 맨손으로도 대미지 판정이 발생하는 [격투] 계열 센스가 없어도 은근히 아프다.

"처음 본 적이잖아. 실패했다고 해서 운 때문인 건 아니지."

"아무리 그렇다고 딱밤을 때릴 필요는 없잖아! 은근히 아프다고!"

타쿠가 무슨 말을 하고 싶은 건지는 알겠다. 하지만 딱밤을 맞은 것은 불만이었기에 타쿠에게 따졌다.

"으앗, 좁은 보트 위에서 날뛰지 마! 아니, 흔들린다고!"

내가 따지고 들자 타쿠는 몸을 뒤로 젖히면서 거리를 벌리려 했다.

나는 곧바로 타쿠에게 달려들며 위에서 누르려 했지만, 스테이터스 차이 때문에 타쿠가 쉽사리 내 팔을 잡고 눌러 버렸다.

"알았으니까 날뛰지 말라고!"

"크윽, 허약한 이 몸이 밉다!"

"다음에 다른 걸로 때울 테니까 진정해. 그보다는 어떻게 해야 다른 사람들을 따라잡을 수 있을지 생각하는 게 낫지 않을까?"

나는 조금 분해서 울상을 지었지만, 타쿠는 피곤하다는 듯이 그렇게 제안했다.

"일단 노를 저을 수밖에 없겠지."

"……그렇겠지. 에휴."

타쿠는 힘이 빠진다는 듯이 보트에 달려 있던 노를 젓기 시작했다.

해역 돌파에 실패해서 가라앉거나 철수한 플레이어들이 타고 오던 소형선보다 더 작은 보트이기 때문에 불안하다.

그리고 그 불안한 마음은 곧바로 현실이 되었다.

"타쿠, 배의 속도를 더 높여!"

"나도 그러고 싶은데, 이 보트로는 힘들지!"

해역에서 적의 출현 웨이브가 발생했고, 도망치기 위해 타쿠가 노를 온 힘을 다해 저었다.

나와 타쿠, 이렇게 적은 인원이었기에 나타난 적 MOB의 위험도도 그리 높진 않았지만, 계속 보트를 습격해 왔다.

"젠장! ——《존 봄》! [봄]!"

나는 해수면 위로 튀어나오는 적 MOB을 보고 여러 마리를 동시에 폭파시켰다.

그리고 [봄] 매직 젬을 바다에 뿌린 다음 바닷속에서 기동시키자 그 충격으로 인해 물기둥이 솟구쳤다.

하지만 내가 공격하는 사이에 적 MOB이 보트를 습격했다.

"으앗! 보트에 구멍이 뚫렸어! 바닷물이 들어온다!"

"윤! 어떻게 할 거야!"

타쿠도 중간에 노를 젓는 걸 멈추고 습격하는 적 MOB을 장검으로 베며 반격했다.

하지만 그렇다고 해서 침수가 멈추는 것도 아니었기에 보트 뒤쪽에 뚫린 작은 구멍으로 서서히 바닷물이 들어왔고, 배가 가라앉기 시작했다.

"일단 이번에는 물리쳤어. 나는 다시 노를 저을 테니까 윤, 너는 바닷물을 퍼내줘."

"으으……, 진짜 다른 사람들을 따라잡을 수 있으려나."

나는 불안한 마음을 품으며 인벤토리에서 미스릴제 바구니를 꺼내 스며든 바닷물을 바구니로 퍼냈지만, 그것만으로는 부족했다.

"이럴 때는——《소환》!"

나는 [아쿠아젤의 핵석]을 세 개 꺼내 보트 안에 소환했다.

"바닷물을 빨아들여서 배 바깥으로 토해줘!"

내가 지시를 내리자 합성 MOB인 수속성 아쿠아젤들은 바닷물을 빨아들인 뒤 포물선을 그리는 듯이 배 바깥으로 배출시켜서 겨우 침수되는 속도와 균형을 맞출 수 있었다.

"윤. 그 슬라임은……"

"합성 MOB인 아쿠아젤이야. 써먹을 데가 있다 싶어서 가지고 왔지. 좋았어, 바로 구멍을 막아버리자."

[아트리엘]의 약초밭에서 같은 종류의 합성 MOB이 쿄코씨의 지시에 따라 밭에 물을 뿌리던 게 생각나서 배수하는데 도움을 받고 있다.

하지만 시간을 잡아먹다 보니 시치후쿠를 따라잡지 못한채 다시 적 MOB의 습격을 받았다.

"이번 적은—— 해머 쉬림프가 왔는데!"

바닷속에서 이쪽으로 향해 꼬리를 흔드는 듯이 헤엄쳐오는 갯가재형 MOB이다.

그리고 그 MOB이 보트 뒤쪽까지 헤엄쳐왔을 때, 투욱 소리와 함께 보트 뒤쪽이 뚫렸고 바닷물이 더 많이 들어오기 시작했다.

"으앗?! 배수! 배수!"

"윤, 배수보다는 먼저 구멍을 막아야지!"

"그렇다면 이걸로——, 좋았어. 막혔다."

나는 들고 있던 미스릴제 바구니를 뚫린 구멍에 밀어넣었다.

바구니는 바닥에서 올라갈수록 넓어지는 형태였기에 중간에 딱 들어맞는 부분이 있었고, 침수가 멈췄다.

"휴우, 어서 배수를 계속해야…… 하는데…….."

침수가 멎자 이제 숨을 돌릴 수 있겠다 싶었을 때, 따악, 따악, 그렇게 둔탁한 소리가 울렸다.

나와 타쿠가 깜짝 놀라 미스릴제 바구니를 보니 해머 쉬림프가 바깥쪽에서 바구니 바닥을 때려서 조금씩 일그러지고 있었다.

"윤, 뚫리겠다! 어떻게든 해봐!"

"어떻게든 해보라니, 어쩌라는 거야! 타쿠 너는 얼른 노나 저어!"

나와 타쿠는 필사적으로 침수와 적 MOB의 위협으로부터 도망치려 했지만, 여러 번의 공격 끝에 미스릴제 바구니의 바닥이 뚫려서 다시 침수되기 시작했다.

"으아앗! 또 침수되기 시작했어! 윤, 또 뭐라도 채워넣어서 막아!"

"채워넣어서 막으라니, 채울 만한 게 아무것도 없다고!"

나와 타쿠는 침수되고 있는 뒤쪽으로부터 도망치는 듯이 앞쪽으로 이동했고, 이제 가라앉기를 기다릴 수밖에 없다는 생각이 들었다.

그런데 소환했던 아쿠아젤들이 구멍 뚫린 바구니의 바닥으로 쑥쑥 들어가 안을 가득 채워서 침수를 막아주었다.

"휴우, 겨우 살았네……."

"그래, 진짜 아슬아슬한데."

나와 타쿠는 침수되어 뒤쪽으로 기운 보트 위에서 축 늘어졌다.

이대로 가다간 다른 사람들이 타고 있는 갤리온을 따라잡을 수 없겠지, 그렇게 생각하고 있자니 타쿠가 뭔가 눈치챘다.

"이봐, 윤. 왠지 보트가 움직이고 있는 것 같은데?"

"움직인다니, 해류 때문에 흘러간다는 거야?"

"아니, 느린 속도긴 한데, 앞으로 나아가고 있어."

타쿠가 한 말을 듣고 이유가 뭔가 싶어서 주위를 확인해 보니 나아가고 있는 이유를 깨달았다.

"앗, 아쿠아젤들이 물을 뱉어내고 있구나."

몸을 날려 구멍 뚫린 바구니를 막아준 아쿠아젤들이 이곳저곳에서 흘러드는 바닷물을 빨아들인 다음 배 바깥으로 내보내고 있었다.

구멍 뚫린 바구니가 노즐 역할을 하며 아쿠아젤이 내뱉는 물을 한 방향으로 보냈고, 분사된 물의 반작용으로 인해 보트가 나아가고 있는 것 같았다.

"……윤. 이거 써먹을 수 있지 않을까?"

"잠깐만……, 괜찮을지도 모르겠는데."

미카즈치 일행이 [기계장치 마도인형]을 동력으로 사용한 것처럼 아쿠아젤의 방수도 동력으로 사용할 수 있다면 가능성은 있다.

"그렇다면 배수하기 위해서 물을 내뿜는 게 아니라──온 힘을 다해 물을 토해내!"

내가 지시를 내린 순간, 아쿠아젤들은 몸을 부르르 떨더니 힘차게 구멍 뚫린 바구니 안에서 바깥을 향해 물을 토해내기 시작했다.

거센 물의 기세가 해수면에 하얀 거품을 일으켰고, 보트가 세차게 나아가기 시작했다.

그 반동 때문에 보트 뒤쪽으로 쓰러질뻔한 나를 타쿠가

재빨리 잡아서 끌어당겼다.

"으앗!"

"윤, 괜찮아?"

보트는 끄트머리를 약간 위로 들어 올리며 달리기 시작했다. 하지만 갤리온을 따라잡기에는 아직 속도가 부족하다.

"윤, 더 가속해!"

타쿠가 한 말을 듣고 나는 망설였다.

"……안 돼. 더 이상 빠르게 하면 제어할 수가 없어."

나는 보트를 잡으면서 그렇게 대답했다.

아쿠아젤이 물을 뿜어내는 기세를 키울 수 있는 방법은 있다.

하지만 지금보다 더 빠르게 가속하면 엉뚱한 방향으로 폭주할 가능성이 있다는 이야기를 하자——.

"그럼 내게 맡겨."

"타쿠, 뭐하는 거야?"

"조작할 거야. 윤, 너는 앞쪽으로 가."

타쿠는 보트의 노를 뽑아든 다음 그것을 사용해서 배의 방향을 잡을 생각이었다.

"자, 가자! 너는 꽉 잡고 있어!"

타쿠는 어떻게 해서든 다른 사람들을 따라잡고 싶은 모양이었기에 나는 포기했다.

"정말……, 그럼 조종 잘 부탁해!《존 인챈트》—— 인텔리전스!"

바구니 안에 있는 아쿠아젤들의 INT 스테이터스를 인챈트로 상승시켰다.

그 순간, 보드가 더 가속했고 거센 물거품을 일으키기 시작했다.

"따라잡아서 합류하는 것뿐만이 아니지! 이대로 다른 사람들을 추월해서 보트로 남쪽 외딴 섬에 1등으로 도착하는 거야!"

그러면 다들 놀라겠지, 타쿠는 그렇게 말하며 슬쩍 미소를 지었다.

나는 떨어지지 않게끔 보트를 잡고 다른 사람들이 타고 있는 갤리온을 보았다.

4장　　남쪽 외딴 섬과 해적 소탕

타쿠와 함께 슬라임식 짝퉁 워터 제트 엔진── 너무 기니까 짝퉁 엔진을 탑재한 보트는 남쪽 외딴 섬을 향해 나아갔다.

다른 사람들이 타고 있는 갤리온을 쫓아가던 동안 우리는 예상하지 못했던 광경을 보았다.

"저런 배가 있었나?"

나와 타쿠가 앞서가던 배를 쫓아가며 진한 남색 해역에서 벗어난 직후, 처음 보는 크고 작은 배들이 뒤섞여 있는 게 보였다.

그 배들은 전부 돛과 함미에 해골 마크를 달고 있었다.

우리는 아쿠아젤의 방수를 약하게 만든 다음 나타난 선단에서 떨어진 위치를 잡고 상황을 살펴보았다.

"오? 뭐지? 해적선인가? 재미있는 상황이 된 것 같은데."

보트를 조종하던 타쿠가 씨익 웃자 메뉴에 알림이 떴다.

──[퀘스트 : 해적 소탕작전 1/3]
외딴 섬에 상륙하기 위해 해적의 해상전력을 격멸시켜라── 0/10

퀘스트 알림이 뜬 직후에 플레이어와 NPC 선단이 마법과 포격으로 교전을 벌이기 시작했다.

"오오! 시작되었는데!"

"으앗, 해적의 배에 대포 같은 게 있어!"

대형 해적선은 배의 측면에 달린 대포로 포격을 가하며 접근했다.

나와 타쿠가 타고 있는 보트가 포격을 맞으면 바로 격침될 것 같은 공격을 플레이어 쪽에서는 스킬과 마법으로 방어, 회피하고 해적선에 마법을 날려 반격하며 응전하고 있었다.

그리고 양쪽의 배가 어느 정도 접근하자 포격을 멈춘 해적 NPC가 플레이어의 배로 뛰어들기 시작했다.

"나타난 배는—— 열두 척, 아니, 방금 해안에서 한 척 나왔으니까 열세 척. 전부 다 쓰러뜨릴 필요는 없겠군."

"그리고 벌써 카운트가 시작된 걸 보니 여기에 있는 플레이어들하고 전과를 공유하는 것 같아. 앗, 또 늘었네."

해적선들 중 해적 NPC를 쓰러뜨려서 무력화시키거나 가라앉힌 결과 퀘스트 카운트가 0에서 1로 늘어났다.

그리고 그것들을 무시하고 해안으로 상륙하려는 플레이어의 배가 있었지만——.

『발사아아아아!』

안대와 검은 해적모를 쓴 선장 같아 보이는 외눈 해적 NPC가 완곡도를 들어 올리고 지시를 내렸다.

그 지시에 따라 모래사장에 늘어서 있던 해적 NPC가 차례차례 화살을 날리자 도망칠 곳이 거의 없는 배 위에 있던 플레이어들에게 화살이 꽂혔고, 그중 한 명이 쓰러졌다.

"오옷?! 활이 활약하고 있는데! 좋아! 더 해치워!"

"이봐, 윤. 넌 누구 편이야?"

내가 해적 NPC들의 활약을 보고 환호성을 지르자 타쿠가 눈을 흘겼다.

"그래도 말이지. 인기가 없다거나 쓰레기 센스라는 말을 들었던 무기가 활약하는 모습을 보니까 기쁘잖아."

"뭐, 너는 [활] 센스에 애착이 있긴 하지."

타쿠가 따스한 눈초리로 나를 바라보았지만, 나는 무시하고 해적들이 쓰는 활을 관찰했다.

기계궁으로 분류되는 크로스보우를 쓰고 있는 것 같았다.

그런데 무엇보다 특이한 건 화살의 보충 상황이었다.

플레이어는 화살 자체에 자동 귀환 효과가 있게끔 만들거나 인벤토리에서 화살을 보충해야만 한다.

하지만 해적 NPC는 보충이라는 개념이 없이 화살을 무한대로 날릴 수 있는 것 같았다.

"정말 이렇게 보니 활은 참 골치아프구나. 숫자만 갖추면 회피하기 힘든 면(面) 공격을 가할 수도 있고, 스킬이 아니니까 공격 간격도 짧아."

"그리고 안 그래도 공격 간격이 짧은데 교대로 쏘니까 더 빈틈이 없지."

양쪽으로 나뉜 해적 NPC 궁병 부대는 크로스보우 같은 무기 공격력에 의존하는 장비를 사용하고 있어서 플레이어들에게 그리 크진 않지만 안정적인 대미지를 입히고 있었다.

한 명, 또 한 명, 그렇게 비처럼 쏟아져 내리는 화살을 맞은 플레이어가 배 안에서 쓰러지기 시작했다.

퀘스트의 순서를 지키지 않으면 상륙할 수 없다는 걸 알게 된 플레이어들은 소생약으로 부활한 다음 고슴도치처럼 변한 보트를 타고 바다 쪽으로 돌아갔다.

"자, 관찰은 이쯤하고 우리는 어떻게 할까⋯⋯."

"어떻게 하냐니, 다른 사람들하고 합류하려면 갤리온으로 가야지⋯⋯."

다른 사람들이 타고 있던 갤리온 쪽을 보니 배의 양쪽을 대형 해적선이 막은 채 해적들이 뛰어들고 있어서 합류하기가 힘들 것 같았다.

미카즈치 일행의 롱쉽은 날씬한 배의 속도를 이용해 포격당하기 전에 해적선으로 순식간에 접근해서 세이 누나가 얼음 발판을 만든 뒤 상대방 쪽 배로 쳐들어가고 있었다.

레티아 일행은 우즈키를 비롯한 다양한 수중 MOB의 힘을 빌려 바닷속에서 배를 공격하여 바다에 구멍을 뚫은 뒤 가라앉히려 하는 모양이었다.

"자, 윤. 갈까?"

"가다니, 어디로!"

"그야 당연하지! 우리도 해적선을 공격하러 나서는 거야! 여기서 꾸물대고 있을 거라면 차라리 할 수 있는 범위 안에서 해적선을 가라앉히자고!"

합성 MOB은 사역 MOB과는 달리 아무나 사용할 수 있기에 타쿠에게도 명령권을 줄 수 있다.

타쿠가 바구니 안에 있던 아쿠아젤들에게 나아가라고 지시를 내리자 다시 물을 힘차게 뿜어냈고, 배가 빠르게 전진하기 시작했다.

"너무 갑작스럽잖아! 나하고 타쿠 둘이서 해적선을 가라앉힐 수 있다고?"

"나 혼자서는 힘들겠지만, 네가 도와주면 할 수 있을 거야! 그러니까 여러모로 보조해줘!"

그렇게 미소를 지으면서 부탁하니 어쩔 수가 없을 것 같다.

"그래서 구체적으로 어떻게 할 건데!"

저런 대포를 탑재하고 있는 해적선에 정면으로 맞설 생각은 전혀 없다.

"그건 네게 맡길게!"

"뭐야. 그런 건 나한테 떠넘기는 거야? 아니, 으앗!"

타쿠가 급하게 보트를 오른쪽으로 틀자 그 직후에 대포의 포탄이 바로 옆에 떨어졌다.

만약 타쿠가 재빨리 피하지 않았다면 보트가 두 동강 났을 것이다.

"정말……, 하면 되잖아! 하면! 온 힘을 다해 이곳을 휘저어주겠어!"

"크크큭, 그렇게 나와야지! 다음 공격이 온다!"

내가 몸을 숙여 충격에 대비하는 와중에 타쿠는 차례차례

노를 움직여 포탄을 피했다.

보아하니 우리가 타고 있는 보트도 대포의 사정거리 안으로 들어갔는지 연달아 포탄이 날아왔다.

하지만——.

"걸리적거린다고! ——《존 봄》!"

포탄이 발사되는 순간에 맞춰서 보이는 범위 안에 있던 대포에 [하늘의 눈]의 표적 능력과 봄 마법을 조합시킨 좌표 폭파를 가했다.

그로 인해 발사 직전이었던 대포가 내부에서 폭발했고, 포탑이 마치 꽃처럼 바깥쪽으로 찢어져서 대포가 무력화되었다.

"한 발 더. ——《존 봄》!"

남아있던 대포에 다시 마찬가지로 좌표 폭파를 가해나갔다.

그렇게 우리 보트를 노리던 해적선의 대포를 파괴했다.

"좋았어, 이제 내가 돌격해도 문제없겠군. 윤, 지원 부탁해!"

"그럼 다녀 와. 《인챈트》—— 어택, 디펜스, 스피드! 《라이트 웨이트》!"

아쿠아젤에게 지시를 내려 보트를 세운 타쿠는 장검 두 자루를 뽑아들었다.

나는 타쿠에게 최대한 많은 지원 스킬을 걸고 등을 두들기며 보냈다.

그 직후, 보트에서 뛰쳐나간 타쿠는 해적선을 향해 물 위를 뛰어가기 시작했다.

나는 바다 위에서 멈춘 보트 위에 서서 애용하는 [검은 소녀의 장궁]을 꺼냈다.

"자, 그럼 나는 타쿠에게 최대한 지원을 해볼까."

나는 그렇게 중얼거린 다음 활을 겨누고 화살을 매겼다.,

"——《연사궁 · 2식》."

한도까지 조준한 다음 숨을 짧게 내쉬며 화살을 날렸다.

거의 동시에 날아간 화살 두 개가 공중을 가로지른 뒤 작은 나뭇가지가 부러진 듯한 소리가 울렸고, 해적 NPC가 날린 화살이 부러진 채 해수면 위에 떨어졌다.

그리고 내가 날린 화살 두 개는 타쿠를 지나친 뒤 갑판에 있던 해적 NPC의 어깨에 꽂혔다.

타쿠는 내가 뭘 했는지 눈치채고 살짝 뒤를 돌아본 다음 오른팔을 들었다.

"자, 더 떨궈야겠지."

나는 타쿠를 노리며 고정식 기계궁을 조작하여 해적 NPC가 날린 화살을 공중에서 떨구고 그 기세를 살려 그 해적 NPC를 맞췄다.

타쿠라면 반사적으로 화살을 베어내고 나아갈 수 있을 것 같기도 했지만, 그러면 내가 할 일이 없어지기 때문에 최대한 나도 할 수 있는 일을 하기로 했다.

그리고 타쿠가 해적선에 도착해서 밧줄 사다리를 타고 갑판으로 올라간 뒤 해적 NPC들과 맞붙어 싸우기 시작했다.

해적 NPC들이 마치 벽처럼 타쿠를 포위했기에 타쿠가 보이지 않게 되었다.

타쿠를 포위하기 위해 내게 등을 돌린 해적 NPC를 화살로 맞추고 있자니 점점 죄책감 같은 게 들기 시작했다.

"왠지 나쁜 짓을 하는 것 같은데. 그건 그렇고 한가하네."

타쿠가 쳐들어간 해적선은 해적 NPC들이 대충 정리되었고, 퀘스트 카운트가 하나 늘어난 걸 보니 무력화 판정이 된 것 같았다.

그리고 잠시 후 타쿠가 바다 위를 달려서 돌아왔다.

"타쿠, 좀 늦었네."

"배 안에 남아 있던 아이템을 회수하고 있었어. 해적 NPC를 쓰러뜨려도 아이템을 주지 않으니 이렇게라도 얻어야지. 앗, 물론 너하고 나중에 나눌 생각이야!"

기뻐하며 보고하는 타쿠를 내가 째려보자 왠지 변명을 하는 것처럼 허둥대며 덧붙여 말했다.

나는 딱히 신경 쓰지 않는다며 쓴웃음을 지었다.

"네가 가지고 싶어할 것 같아서 반대쪽 대포하고 갑판에 고정되어 있던 기계궁도 회수해 왔어."

"타쿠! 고마워! 좋았어, 빨리 확인하려면 해적들을 팍팍 퇴치해야겠지!"

바로 의욕을 보이는 나를 타쿠가 속물 같은 녀석이라는 눈초리로 보았지만, 바로 해적 퇴치에 집중하려는 모양이었다.

퀘스트 카운트는 지금── 7/10이다.

이제 곧 퀘스트가 다음 단계로 넘어갈 테니 그 전에 해적 선에서 한 척 정도 더 아이템을 회수했으면 좋겠다.

그렇게 타산적인 생각으로 한데 뭉친 나와 타쿠는 보트를 움직여 다음 해적선이 있는 쪽으로 향했다.

그리고 나와 타쿠는 좀 전과 마찬가지 방식으로 해적선을 공략했다.

이번에는 해적 NPC를 소탕한 다음에 나도 해적선에 타서 내부에 있는 아이템 회수를 도왔다.

"오, 여기에 [간파] 센스가 반응하는데."

"아, 정말? 저번 해적선에서는 거기를 조사하지 않았으니 까 미처 못 봤을지도 모르겠는데."

조타실 벽 한 군데를 때려보니 미끄러졌고, 그 안에서 종 이 다발 세 개를 찾아낼 수 있었다.

"이게 뭐지? 지도인가?"

나는 종이 다발 중 하나를 펼쳐보고 그렇게 중얼거렸다.

지도의 축척은 알 수가 없지만, 그 지도 안에는 가위표와 '98'이라는 숫자, 그리고 지도 가장자리에는 파란 마커가 희 미하게 깜빡이고 있었다.

그리고 아이템 이름에는——— [해적왕의 보물 지도]라고 적혀 있었다.

"호오, 보물 지도라. 그렇다면 이 해적들은 해적왕이라는 녀석의 보물을 찾으러 온 건가?"

"그렇지도 모르지. 왠지 상륙한 뒤에도 즐길 수 있을 거

같은데."

내가 전투보다 이런 탐색 계열이 더 재미있을 것 같다며 기대하고 있자니 다시 알림이 떴다.

──[퀘스트 : 해적 소탕작전 2/3]

해안에 전개되어 있는 해적들의 방어선을 돌파하고 상륙하라── 0/1

"오, 퀘스트가 진행된 것 같은데. 윤! 가자!"

"알았어."

나는 얻은 보물 지도를 인벤토리에 넣고 해적선 갑판으로 나왔다.

아직 남아 있던 해적선들이 해안 쪽으로 도망가는 모습이 보였고, 외눈 해적이 외치는 소리가 울려 퍼졌다.

『해적왕의 비보는 무조건 내 것이다! 어디서 굴러먹던 말 뼈다귀인지도 모르는 녀석들에게 빼앗길 수는 없지! 발사! 발사아!』

그는 해안에 늘어서 있던 궁병들에게 지시를 내렸지만, 동료 해적선이 차례차례 무력화되는 모습을 보고 동요한 건지 궁병들의 사격 정확도가 단숨에 떨어졌다.

그리고 퀘스트의 진행에 맞춰서 외딴 섬에 상륙하기 위해 플레이어들의 배가 조금씩 해안을 향해 움직이기 시작했다.

"윤, 우리도 쫓아가자! 1등은 우리 차지야!"

타쿠는 그렇게 말한 다음 해적선 갑판에서 뛰어내린 뒤 아래쪽에 세워둔 보트를 타고 내게도 어서 내려오라고 재촉했다.

"──《키네시스》! 아, 으앗!"

나는 염동 스킬로 낙하의 충격을 줄이면서 보트에 착지했지만 불안정하게 흔들려서 보트 가장자리를 붙잡았다.

그리고──.

"전속력으로 쫓아가자──, 전진!"

타쿠가 보트에 있던 아쿠아젤에게 지시를 내리자 보트가 힘차게 달리기 시작했다.

"크윽, 급발진은 좀 익숙해지긴 했지만 아직 좀 무서워!"

그리고 다른 배와 거리를 팍팍 줄여나갔고, 그렇게 멀리 떨어져 있던 갤리온이 코앞으로 다가왔다.

●

나와 타쿠가 탄 보트가 맹렬한 속도로 해안을 향해 가고 있자니 앞서 가던 플레이어들이 우리가 다가오는 걸 눈치채고 돌아보았다.

"얘들아, 먼저 간다!"

우리가 탄 보트가 바로 옆을 지나쳤을 때, 소형선을 타고 있던 플레이어들이 거센 물보라를 뒤집어썼다.

"죄, 죄송합니다!"

나는 물을 뒤집어쓰게 된 플레이어들을 돌아보고 고개를 숙여 사과했지만, 이미 거리가 멀리 떨어져서 들렸는지 여부도 알 수가 없었다.

"아하하하, 기분 좋은데! 쉽사리 추월하니 말이야! 이대로 1등으로 상륙하자!"

"타쿠, 그렇게 1등을 고집할 필요가 있는 거야?!"

"없지! 하지만 할 수 있다면 그걸 목표로 경쟁하는 게 즐겁잖아! 영차——."

"이 폐인이, 아니, 끄악?!"

보트가 파도를 타고 흔들리자 나는 필사적으로 붙잡고 떨어지지 않게끔 버텼다.

퀘스트를 수행하며 해적선들을 대부분 무력화시켰지만 아직 남아 있는 대형 해적선이 해안으로 철수하며 대포를 발사했다.

타쿠는 재주도 좋게 보트를 조종하면서 공격을 피했고, 물기둥 사이를 이리저리 파고들면서 지그재그로 나아갔다.

"점점 이 보트에 익숙해지는데! 레이싱 게임에서 까다로운 기체를 다루는 것보다는 관성의 움직임이 단순하니까!"

"아무리 그렇다고! 엉망진창! 떨어져! 떨어진다고!"

내가 비명을 지르고 있던 동안 해적선에게 접근해서 대포의 포격이 멎었고, 앞서 가는 배를 추월하기 위해 돌진했다.

"윤 씨네요, 야호~!"

"냐악?! 참 대단한 걸 타고 있네!"

"윤 군, 언제 그런 걸 개발한 거야."

"레티아하고 벨, 에밀리 양! 이건 저기, 우연의 산물이라 나중에 설명할게에에?!"

수룡 우즈키를 따라잡고 레티아 일행과 잠깐 이야기를 주고받았지만, 보트의 속도와 기세 때문에 내 목소리에 비명이 섞이게 되었다.

레티아 일행을 추월한 다음 시치후쿠와 다른 사람들이 타고 있는 갤리온이 눈앞으로 다가왔다.

"이봐~! 따라잡았다고!"

"앗, 윤 언니, 타쿠 씨. 따라왔구나!"

맹렬한 기세로 따라오는 보트를 보고 뮤우가 배 가장자리에서 우리를 확인했다.

덩달아 마기 씨와 배에 타고 있던 동료들이 모여서 나란히 달리는 보트를 향해 손을 흔들었다.

"윤 군! 어서 와! 네가 맡겼던 자쿠로가 나를 몇 번 지켜줬어! 맡겨줘서 고마워!"

『규우!』

마기 씨의 품속에 있던 자쿠로는 지켜냈다는 것을 자랑하는 듯이 자신만만한 울음소리를 냈다.

"마기 씨! 감사합니다! 자쿠로를 조금만 더 맡아주세요! 그리고 자쿠로, 마기 씨를 지켜줘서 고마워!"

내가 갤리온을 향해 소리쳤다.

"그리고 타쿠가 해적선에서 대포하고 기계궁을 회수한 것 같거든요! 나중에 같이 이것저것 조사해봐요!"

"와아! 기뻐! 리리도 계속 신경 쓰였나 봐!"

그리고 나란히 달리던 보트가 갤리온을 추월하기 시작했다.

"그럼 시치후쿠! 나하고 윤은 먼저 외딴 섬에 상륙할게!"

"뭐라고?! 마법사들, 바람을 더 세게 불라고! 지면 안 된
당께!"

시치후쿠가 배를 조종하는 사람들에게 소리치는 한편, 뮤
우는 부럽다는 듯이 말했다.

"좋겠다! 윤 언니, 그렇게 재미있을 것 같은 배를 준비해
두다니!"

"미안해! 그런데 우연히 만들게 된 거야! 나중에 빌려줄게!"

"정말? 약속한 거야!"

그리고 나와 타쿠는 갤리온을 추월해서 현재 선두를 달리
고 있는 길드 [팔백만]의 롱쉽 쪽으로 다가갔다.

"호오, 타쿠는 탈락, 윤 아가씨는 타쿠를 찾느라 갤리온
에서 내렸다고 들었는데. 설마 쫓아올 줄이야."

롱쉽의 함수에 서 있던 미카즈치는 따라가고 있던 우리
보트를 힐끔 보고는 다시 앞쪽으로 눈을 돌린 다음 육각곤
을 휘둘러 해안에서 날아온 화살을 쳐내기 시작했다.

미카즈치가 미처 막지 못한 화살은 세이 누나가 마법으로
떨궈서 커버하며 일직선으로 해안을 향해 돌진했다.

"아아아아앗! 흐악?! 타쿠! 조종이 너무 거칠어! 조심 좀
해! 안전운전!"

"그래도 말이, 지!"

"흐아아악!"

아쿠아젤이 물을 뿜어낸 반동으로 폭주하는 보트에 타고 있던 우리는 미카즈치처럼 화살을 쳐낼 여유가 없었다.

타쿠가 조종하는 보트를 지그재그로 움직여 화살을 피하고 있었기에 나는 거기에 휘둘리는 상태였고, 미카즈치 일행의 롱쉽과 거리를 좁힐 수가 없었다.

"이렇게 된 이상, 마지막 추월에 걸어야지!"

"타, 타쿠! 뭐하려는 건데!"

"이렇게 할 거야!"

그렇게 말하면서 미카즈치 일행의 롱쉽 뒤에 보트를 바짝 댔다.

"으아아앗, 거리가 너무 가까워. 위험해! 충돌한다고!"

"타쿠 녀석, 우리를 방패로 삼으려는 건가……. 뭐, 상관 없지! 이대로 도망쳐주마!"

미카즈치 일행의 롱쉽 뒤에 붙어서 날아오는 화살을 최대한 미카즈치 일행에게 처리하게 만들면서 마지막에 추월하는 걸 노리고 있는 모양이었다.

미카즈치 일행의 롱쉽이 속도를 낮추거나 우리 보트가 속도를 높이면 사고가 날 것 같은 거리를 보고 불안해하며 얼굴에 묻은 물을 손으로 닦아냈다.

타쿠는 상륙한 순간에 승부를 내려 하는 모양이었지만——.

──[퀘스트 : 해적 소탕작전 3/3]
외딴 섬에 상륙한 보스, [외눈 해적 잭]을 격파하라── 0/1

해안이 코앞으로 다가오자 메뉴가 뜨고 퀘스트가 진행되었다.

"방어선 돌파 라인이 모래사장이 아니라 그 앞의 해안이었구나!"

"저기……, 그러니까 미카즈치네가 1등인 거야?"

"그런 거지. 미안하군."

미카즈치가 씨익 웃으면서 돌아보자 타쿠는 분한 듯한 표정을 지었다.

그리고 퀘스트가 진행되었기 때문인지 어느새 모래사장에서 화살이 날아오지 않게 되었다는 것을 눈치챘다.

『외딴 섬에 숨겨져 있는 해적왕의 비보는 이 몸 것이다! 나중에 온 주제에 방해하기는! 섬에서 쫓아내라!』

외눈 해적이 잘 들리는 목소리로 호령을 내리자 모래사장에 전개되어 있던 해적 NPC 궁병 부대가 크로스보우를 내려놓고 허리에 차고 있던 완곡도를 뽑아든 뒤 백병전 태세를 갖추었다.

"아직 멀었어. 아직 해적 토벌이 남았다고! 이대로 가자!"

"뭐어?! 간다니, 왜?!"

타쿠는 보트를 옆으로 움직인 다음 미카즈치 일행의 롱쉽과 나란히 댔다.

"이대로 보트로 선장이 있는 곳까지 돌진한다! 진흙탕으로 길을 만들어줘!"

타쿠가 손가락으로 가리킨 곳에는 선장 NPC가 있었고, 짜증난다는 듯이 모래사장에 상륙하려는 플레이어들을 외눈으로 노려보고 있었다.

옆에서 달려가는 미카즈치 일행이 모래사장에 상륙하기 위해 롱쉽의 속도를 낮추고 있는 동안 우리 보트는 가속했다.

"길을 만들라니, 아, 진짜! ──《존 머드 풀》!"

눈에 보이는 곳에 일정한 간격, 일직선으로 라인을 그은 다음 보트를 그 위에 태웠다.

해안의 모래사장 일부가 질퍽거리는 개펄처럼 습기가 있는 진흙탕으로 변했고, 보트가 그 표면을 미끄러지며 돌진했다.

아쿠아젤이 뿜어낸 물과 진흙을 튀기며 보트가 돌격하고 있었다.

『저 거슬리는 작은 배를 막아라!』

┏┳┳네!┻┻┛

외눈 해적이 지시를 내리자 해적 NPC들이 우리의 진로를 가로막으려는 듯이 진흙탕 속으로 뛰어들었지만──.

"하하하! 소용 없어!"

"으앗, 친 건 않았겠지……. 보트에 흠집이 나지 않았으면 좋겠는데."

해적 NPC들도 지시를 받아서 막아서긴 했지만 위험하다고 느꼈는지 반사적으로 피했다.

진흙탕 길에 쓰러진 해적 NPC들을 보고 마음속으로 위험하게 운전해서 미안하다고 상과했다.

『나를 얕보지 마라아아! 하아아아아앗!』

외눈 해적은 접근하는 우리를 향해 완곡도를 가로로 겨누었고, 그 칼날이 물에 덮인 뒤 소용돌이치기 시작했다.

"윽?! 저 녀석, NPC인데 아츠를 쓸 수 있는 거야?"

"자, 저걸 견디기만 하면 바로 앞까지 접근할 수 있을 거야! 알겠지?"

『──《해진검(海陣劍)》!』

멀리 떨어진 거리에서 외눈 해적이 소용돌이치는 물을 두른 완곡도를 가로로 휘두르자 소용돌이치는 물이 칼날처럼 변해 보트로 날아들었다.

"윤! 지금이야!"

"윽! ──《스톤 월》!"

타쿠가 신호를 보낸 것과 동시에 나는 진흙탕 속에서 비스듬하게 돌벽을 만들어낸 다음 그 위를 보트로 타고 올라갔다.

그 직후, 보트로 날아든 물의 칼날이 바로 아래쪽을 통과했고, 점프대로 사용했던 돌벽을 두 동강낸 뒤 뒤쪽으로 날아가는 모습이 보였다.

공중으로 솟구친 보트가 무거운 뒤쪽부터 천천히 떨어지기 시작한 것이 느껴지는 와중에 타쿠가 보트의 함수 쪽으로 달려가기 시작했다.

나를 제치고 보트의 함수를 발판 삼아 더욱 멀리, 높게 뛰어오른 타쿠는 공중에서 장검 두 자루를 겨누었다.

"하아아앗——《소닉 엣지》!"

공중에서 몸을 비틀고 검을 휘둘러 위쪽에서 해적 선장에게 참격을 퍼부었다.

『끄악! 크윽, 눈속임이냐!』

타쿠의 참격이 해적 선장의 HP를 1할 정도 깎아냈고, 그 여파로 인해 해안의 모래가 피어올라 선장의 시야를 가렸다.

"아직 멀었어! ——《파워 버스터》!"

떨어진 기세를 실어 내려친 타쿠의 묵직한 공격을 해적 선장이 완곡도로 받아냈다.

타쿠의 공격을 받아낸 충격으로 인해 해적 선장의 두 다리가 해안의 모래에 가라앉았다.

『나를 얕보지 마라! 그 정도로 쓰러질 것 같으냐!』

하지만 해적 선장은 보스 NPC라 그런지 타쿠의 공격을 막아낸 완곡도에 힘을 주고 밀어냈다.

타쿠는 옆으로 몸을 날리며 거리를 크게 벌려 해적 선장의 반격을 피했다.

그리고 그 시점에 이미 승부가 났다.

"——《베어 트랩》!"

『뭐?! 크윽, 덫이라니?!』

[하늘의 눈]의 표적 능력으로 좌표 발동시킨 덫이 외눈 해

적의 발치를 물어뜯었다.

그리고 타쿠가 피어오르게 만든 모래에 가려져 있던 그것
이 달려들었다.

"미안해!"

『뭐? 끄헉?!』

폭주 보트는 진흙탕 길에 착지한 뒤에도 그대로 계속 달
려가, 덫 때문에 움직이지 못하던 외눈 해적과 충돌했다.

외눈 해적은 모래 위에 쓰러진 뒤 보트에 치였다.

"머, 멈춰!"

나는 겨우 아쿠아젤들에게 정지 신호를 내려서 보트를 멈
췄고, 조심조심 뒤쪽을 돌아보았다.

보트가 지나온 곳을 보니 꽤 지독한 상황이 펼쳐져 있었다.

해안에서 이어지는 진흙탕 길과 갯벌에 빠진 해적 NPC
들, 그리고 근처에는 덫에 발이 낀 외눈 해적이 보트에 치
여서 모래 위에 쓰러져 있었고, 타쿠가 숨통을 끊기 위해 장
검을 내려치고 있었다.

——[퀘스트 : 해적 소탕작전 3/3]
외딴 섬에 상륙한 보스 [외눈 해적 잭]을 격파하라—— 1/1
[퀘스트 : 해적 소탕작전]을 클리어하였습니다.

내가 만들어낸 광경을 보고 딱딱한 미소를 지으면서 퀘스
트 달성 알림을 흘려들었다.

퀘스트 보스 NPC인 외눈 해적을 격파하자 플레이어들과 교전 상태였던 해적 NPC들이 공격을 멈추고 있었다.

"으앗……, 이거 참 심하네. 퀘스트 목표만 빠르게 격파해서 이것저것 엉망진창이야."

원래는 해안에 상륙해서 해적 NPC들을 물리치고 외눈 해적과 전투를 벌여야 했을 텐데, 이런 방법으로 쓰러뜨리다니……, 그렇게 생각하며 얼굴을 손으로 가리고 후회했다.

『크크큭, 우는 아이도 뚝 그친다고 소문난 이 몸을 이렇게까지 방해하다니!』

"앗, 살아 있었네."

멍하게 있던 나는 타쿠가 숨통을 끊은 줄 알았던 외눈 해적 잭의 목소리를 듣고 고개를 들었다.

일단 퀘스트가 끝나긴 했지만, 퀘스트 연출은 계속 진행되는 것 같다.

『이 몸은 절대 포기하지 않는다! 그 해적왕이 이 섬에 숨겼다는 108개의 비보를! 언젠가 이 섬으로 돌아와서 이 몸이 해적왕의 비보를 전부 손에 넣을 것이다!』

그리고 주머니에서 무언가를 꺼낸 뒤 땅바닥에 내동댕이치자 그것이 눈부신 빛을 뿜어냈다.

"크윽, 섬광탄인가!"

나는 손을 들어 빛을 막았다.

[하늘의 눈]은 너무 잘 보이기 때문에, 강한 빛을 본 나는 대미지를 받고 말았다.

…었다.

…렇게 마중해주는 모습을 보고 조금 쑥쓰러워하고 있자
…모여든 사람들 사이에서 검은 그림자가 튀어나와 내 품
…으로 뛰어들었다.

『…뮤우뮤우!』

…으앗, 자쿠로! 마기 씨를 지켜주느라 고생했지."

…안 동안 떨어져 있어서 그런지 마구 응석을 부리는 자쿠로…
…쓰다듬어주자 이번에는 일각수 뤼이가 어린 상태로 혼자…
…된 다음 이마에 난 뿔로 나를 살짝 찔러댔다.

…뤼이, 잠깐, 아프다니까. 부르지 않아서 미안해. 그래도
…섬에 도착했으니까, 이제 마음껏 부를 수 있어."

…가 뤼이의 목덜미를 쓰다듬으면서 달래주고 있자니 마
…씨와 다른 사람들이 말을 걸었다.

…윤 군, 고생했어! 자, 바로 이것저것 조사해보자!"

…을 반짝이는 마기 씨와 그 뒤에서 모래사장 위까지 타
…와서 굴러다니던 보트를 조사해보고 싶어서 몸이 근질거
…는 것 같은 리리를 보고 쓴웃음을 지었다.

…그래요. 약속했으니까."

…그럼, 윤. 아까 얻은 아이템을 나눌까?"

…아, 그랬지 참."

…렇게 말한 타쿠는 무력화시킨 해적선에서 회수한 아이
…을 나누었다.

…드과 자잘한 아이템들은 깔끔하게 나눌 수 있었지만 귀중

"윤, 괜찮아?"

"시간이 지나면 괜찮을 거야. 그런데 눈이 아프네……."

나는 눈을 누르면서 뿌옇게 변한 시야 속에서 타쿠가 건네준 포션으로 HP를 회복시켰다.

그리고 섬광탄을 사용해서 도망친 것은 외눈 해적뿐만이 아니었다.

다른 해적 NPC들도 해안에서 사라졌고, 뮤우와 다른 사람들이 타고 있던 갤리온과 스쳐지나가는 듯이 바다 쪽으로 향하는 해적선이 보였다.

『네놈들은 열심히 [해적왕의 비보]를 찾아라! 이 몸은 네놈들이 찾아낸 뒤에 해적답게 습격해서! 모든 것을 손에 넣겠다. 흐하하하하하──하?』

외눈 해적의 목소리가 울려 퍼졌고, 이곳에 있던 플레이어들이 그 목소리를 듣고 있었다. 그리고 멀어져가는 해적선이 낸 이상한 소리까지 들렸다.

그것은 배의 바닥을 때리는 소리였고, 해수면 위로 나타난 두꺼운 촉수가 해적선을 휘감은 뒤 머리 부분이 모습을 드러냈다.

『서, 설마! 크라켄이라고?! 그만둬! 이 몸은 아직 해적왕의 비보를 손에 넣지 못했다고! 이 몸은 아직 해적왕이 되지 못했어! 장난치지 마라! 이제 곧! 이제 곧 목표를 이루려는 참인데 방해꾼이 끼어들고, 크라켄 때문에 가라앉을 수는 없다고!』

외눈 해적 잭이 원통한 듯한 목소리로 소리쳤고, 크라켄의 촉수가 해적선을 거칠게 조인 뒤 부숴버리자 바다에 가라앉기 시작한 모습이 보였다.

"해적 잭. 불쌍한 녀석이었어."

"뭐, 그 원인 중 절반은 우리지만."

일반적으로 퀘스트를 클리어했다면 플레이어들을 괴롭히다가 궁지에 몰린 해적들이 도망치게 되고, 크라켄에게 무자비하게 공격당하는 공포 연출이었을 것이다.

하지만 너무나도 빠르게 클리어해서 쉽사리 끝나버렸기에 왠지 잭이라는 해적이 불쌍하기만 했다.

만약 다음에 퀘스트를 할 기회가 생긴다면 원래 순서대로 공략당했으면 좋겠다는 생각이 들었다.

●

남쪽 외딴섬에 상륙하고 해적 토벌 퀘스트를 클리어한 다음——.

나, 그리고 타쿠와 거의 동시에 외딴 섬에 상륙한 세이 누나와 미카즈치 일행은 해안에서 조금 떨어져 있는 곳에서 마을 사람 NPC가 사는 어촌과 전이 오브젝트인 포탈을 발견했다.

미카즈치 일행은 해역 돌파와 남쪽 외딴섬 상륙에 성공했다는 사실을 전하기 위해 먼저 포탈을 통해 [팔백만]의 길드 홈으로 돌아갔다.

그리고 나와 타쿠는 시치후쿠네 길드○○○는 것을 기다렸다가 뮤우 일행과 합류했○○

"으, 윤 언니하고 타쿠 씨만 치사해. 둘○○를 해치워버리다니."

"저기, 왠지 미안하네."

나도 솔직히 그렇게 끝내는 건 좀 아니○○ 사과하자, 뮤우가 그럼 용서해주겠다며 ○○를 지었다.

"좀 전에 미카즈치 일행이 어촌 쪽을 조○○ 해적의 습격을 막아달라는 퀘스트가 있었○○ 통해서 한 번 더 싸울 수 있을 거야."

"어? 정말?! 바로 하자! 다시 처음부터!○○

이번 해적 토벌 퀘스트는 외딴 섬에 상○○ 수, 강제 퀘스트였다.

하지만 어촌 쪽에도 프리 퀘스트로 비슷○○ 쪽은 보수가 있다는 이야기를 뮤우에게 전○○ 이는 것 같았다. 그 모습을 본 루카토 일○○었다.

그리고 뮤우는 다시 나와 타쿠를 보고——

"윤 언니하고 타쿠 씨. 어서 와. 무사히 ○○ 다행이야."

활짝 웃는 뮤우가 나, 그리고 타쿠와 합○○

한 아이템——, 대포와 고정식 기계궁이 세 대씩. 그리고 해적선에 숨겨져 있던 보물 지도가 세 장 있다.

"나는 대포하고 기계궁을 더 많이 가지고 싶은데. 내가 쓸 것, 그리고 마기 씨하고 다른 사람들이 연구할 수 있도록."

"그럼 나는 보물 지도를 많이 가져갈게."

그렇게 나는 대포와 2연식 기계궁 두 대씩, 보물 지도 한 장, 그리고 돈과 자잘한 아이템을 얻었다.

"그럼 윤 군하고 저 보트를 빌려갈게!"

"윤 언니, 다음에 그 보트 빌려줘! 그걸 타고 놀고 싶으니까!"

뮤우가 그렇게 말하자 쓴웃음이 나왔다. 마기 씨가 내 손을 잡고 데려가려 했기에 개조 보트를 가지고 클로드가 미리 마련해둔 비치 파라솔 아래에 있는 테이블과 의자에 앉았다.

"아까 얻은 대포를 연구용으로 사들일게. 하나에 300만 G 어때?"

"잠깐만요, 마기 씨?!"

"윤찌. 나는 고정식 기계궁을 마찬가지로 300만 G. 보트에 대한 정보료는 100만 G에 살게."

"아니, 리리도 너무 많이 내는 거라니까!"

마기 씨와 리리는 내가 이제 막 얻은 대포와 기계궁을 갑자기 사들이려 했지만, 제시한 가격이 너무 높아서 말렸다.

"우선 마기 씨하고 리리에게 하는 말인데, 대포하고 고정식 기계궁은 스테이터스 스펙만 보면 그만큼의 가치가 없어!"

해적 NPC가 대포를 펑펑 쏘긴 했지만, 플레이어가 운용하면 포탄 같은 비용이 들기 때문에 운용하기가 힘들다.

잘 쳐줘도 한 대에 100만 G가 될까 말까다.

내가 그렇게 설명하자 마기 씨와 리리는 그래도 사겠다고 했다.

그에 맞서 나는 100만 G 이상은 받을 수 없다는 태도를 취했다.

"뭐, 셋 다 차라도 마시고 진정해라."

그런 나와 마기 씨, 리리를 본 클로드가 유리 찻잔 세트에 아이스티를 따른 뒤 진정하라고 달랬다.

우리가 일단 달콤한 아이스티를 한 잔 마시고 숨을 돌리자 클로드가 제안했다.

"윤은 너무 비싼 가격으로 팔아서 공정한 관계가 무너지는 게 싫은 거겠지. 그렇다면 이번에는 마기와 리리가 물러나야 하지 않을까?"

"으윽, 그럴지도 모르겠네……, 좀 흥분한 것 같아."

"나도 미안해."

"아니, 괜찮아. 아이템 스테이터스로 가격을 판단해보긴 했지만, 실제로 사용하면 마기 씨하고 리리가 말했던 것처럼 300만 G라는 가치가 있을지도 모르니까."

나는 그렇게 말하면서 내가 잘못한 점도 인정하며 서로 가격을 양보해서 한 대에 150만 G를 받고 연구용으로 넘기게 되었다.

그런 다음 리리가 달라고 한 보트의 정보는──.

"그 보트는 완전히 우연의 산물이고, 마기 씨하고 리리가 보면 아마 구조를 금방 흉내낼 수 있을 거야. 그러니까 정보료는 필요없고, 새 설계도를 그려줬으면 하는데."

"어? 그래도 돼? 그럼 윤찌에게 메리트가 없잖아!"

"아니, 사실 있거든."

나는 마기 씨와 리리에게 우연히 만들게 된 보트와 짝퉁 엔진을 보여주었다.

"앗, 이 보트, 구멍이 뚫렸구나."

"그렇다니까. 타쿠를 회수한 다음에 해역을 건너오던 동안 보트에 구멍이 뚫렸고, 그 구멍을 막기 위해서 바구니를 밀어 넣었는데 바구니 바닥에도 구멍이 뚫려서──."

"그래서 슬라임 계열 합성 MOB을 이용해서 물을 빼낸 건가."

나는 다시 짝퉁 엔진을 탑재한 보트를 마기 씨 일행과 확인했다.

보트 뒤쪽에는 이곳 저곳에 물이 새는 곳이 있었고, 그곳에서 들어온 바닷물이 보트 뒷부분에 고인 것을 아쿠아젤들이 빨아들인 뒤 바구니로 막으려 했던 큰 구멍을 통해 바깥으로 뿜어내서 그 반동으로 보트가 움직일 수 있었다.

"그렇구나, 윤찌의 이익은 엔진 대신 쓸 수 있는 합성 MOB의 생산인 거야."

"아쿠아젤을 보호하면서 효율적으로 뿜어낸 물을 추진력

으로 바꿀 수 있는 분사 노즐을 연구해야겠네."

"나는 마기찌가 만든 노즐 부분에 맞춰서 배를 설계해야 겠지?"

리리는 바로 종이에 간략한 설계도를 그리기 시작했고, 마기 씨와 이것저것 의논도 했다.

두 사람은 엔진 부분의 중량이 어느 정도나 될지, 동력으로 삼을 아쿠아젤의 투입구를 어떻게 처리할지, 얼마나 효율적으로 만들 수 있을지 이야기를 나누며 신이 났다.

"앗, 그리고 동력으로 삼을 아쿠아젤의 마력이 얼마나 될지 조사해봐야지."

"그건 에밀리 양이 더 자세히 알고 있을 거야. 나는 짬짬이 합성 MOB을 만들기만 했으니까."

그렇게 말하며 해안을 둘러보니 모래사장으로 올라온 수룡 우즈키가 보였다.

레티아와 벨은 우즈키와 함께 시치후쿠네 길드에서 음식을 받았고, 에밀리 양이 그 옆에서 쉬고 있는 모습이 보였기에 프렌드 통신을 보냈다.

"에밀리 양, 잠깐 의논하고 싶은 게 있는데 괜찮을까?"

『윤 군, 무슨 일인데?』

"아까 그 보트를 만들려면 에밀리 양의 협력이 필요하거든."

내가 그렇게 전하자 그녀는 해안 주위를 둘러보다가 나와 다른 사람들이 있는 파라솔을 발견했는지 손을 살짝 흔들었기에 나도 손을 흔들었다.

『그렇구나. 어떤 구조로 만든 건지도 신경 쓰이니까 금방 갈게.』

에밀리 양은 레티아, 그리고 벨에게 이야기를 한 다음 우리가 있는 곳으로 왔다.

그러자 클로드는 새 의자와 아이스티를 내주었다.

"에밀리, 괜히 불러서 미안해."

"아뇨, 마기 씨하고 다시 생산 이야기를 할 수 있어서 기뻐요."

그렇게 말하며 미소를 지은 에밀리 양에게 바로 내가 만든 개조 보트를 보여주고 어떤 원리로 움직이는지 알려주었다.

"음, 뭐라고 해야 하나. 보통은 수중 계열 합성 MOB에게 배를 끌고 가게 하지 않을까? 뭐, 그런 발상은 역시 윤 군이라고 해야겠지만."

"아하하, 저기, 우연의 산물이야. 그래서 이걸 더 효율적으로 만들고 싶은데, 에밀리 양도 협력해줄래?"

내가 헛웃음을 지으며 묻자, 에밀리 양이 고개를 끄덕여주었다.

"물론 돕도록 할게. 합성 MOB이 활약할 기회니까. 그런데 그러려면 합성 MOB의 AI 레벨도 강화시키는 게 편리하겠지?"

합성 MOB은 상위 소재나 같은 종류의 핵석을 반복해서 합성함으로써 핵석의 레벨이 올라가거나 스테이터스가 강해진다.

하지만 그것과는 별개로 [슬라임의 핵] 같은 그런 종류의 MOB에게 적합한 아이템을 합성시키면 AI의 레벨이 올라간다.

"그런데 윤 군의 아쿠아젤의 핵석 레벨하고 AI의 강도는 어느 정도야?"

"음……, 아마 세 마리 다 핵석 레벨이 3이고, [슬라임의 핵]을 각각 20개 정도 합성시켰으니까 아마 AI 레벨은 5나 6 정도일 거야."

내가 설명하자 에밀리 양은 의외로 AI 레벨이 높다고 말했다.

"그럼 우선 아쿠아젤의 핵석을 1레벨부터 9레벨까지 여러 개 마련할게."

"앗, 그런데 아쿠아젤을 INT 인챈트로 강화시켰으니까 정확한 합성 MOB의 스펙은 몰라."

내가 보충 설명하자 마기 씨와 리리, 그리고 에밀리 양이 괜찮다는 듯이 미소를 지었다.

"윤 군의 보트는 구조가 단순하니까 아무리 합성 MOB의 마력이 강하다 해도 손실이 꽤 클 것 같은데."

"마기 씨 말이 맞아. 엔진 프레임의 효율화가 성공하면 인챈트 없이 합성 MOB 단독으로도 엔진 동력으로 사용할 수 있을 거야."

우선 마기 씨와 리리가 엔진 부분과 선체 시험제작품을 만들고, 거기에 에밀리 양의 합성 MOB을 탑재해서 출력 시

힘을 하게 되었다.

"가장 적합한 핵석 레벨이 정해지면 조금씩 [슬라임의 핵]을 합성시켜서 AI의 강도를 올려보자. AI의 반응 속도가 조종에 직접 영향을 줄 테니까."

우선 짝퉁 엔진을 탑재한 배를 만들 견적은 나온 것 같다.

"그럼 필요한 소재를 가르쳐주면 내가 알아봐두지."

"클로찌, 고마워!"

"뭐, 신경 쓰지 마라. 고속 이동 보트를 대량으로 만들 수 있다면 레이스 같은 것도 신나게 할 수 있을 테니까."

그렇게 말한 클로드는 자리에서 일어나 외딴 섬 어촌의 포탈로 가서 제1마을로 전이했다.

"자, 우선 윤찌의 보트를 타고 조작성에 문제가 없는지 확인해봐야지! 윤찌, 이 보트 빌려가도 돼?"

"아, 상관없어. 그런데 뮤우도 부러워할 테니까 돌아가면서 타면 좋을 것 같은데."

리리가 바로 보트를 타고 싶다고 했기에 허락해주었다.

그리고 마기 씨와 에밀리 양도 자신이 만들 생산 아이템이기에 탑승감 같은 것에 흥미가 있는 것 같았다.

그렇게 마기 씨와 리리, 에밀리 양이 힘을 합쳐 보트를 모래사장까지 가져가자 바로 아쿠아젤이 침수된 바닷물을 빨아들인 다음 구멍 뚫린 바구니 부분으로 배가 가라앉지 않을 정도로만 물을 약하게 뿜어냈다.

"호오, 이렇게 되는구나. 잠깐 타볼게!"

"네. 다들 조심히 다녀오세요."

나는 세 사람이 보트를 타고 떠나자 배웅했다.

바로 뮤우에게 들켜서 마기 씨와 다른 사람들은 교대로 해변에서 보트를 타고 돌아다녔다.

뮤우는 보트를 타는 것만으로는 부족했는지 보트 뒤쪽에 밧줄을 달고 리리에게 부탁해서 나무 판자를 신은 다음 [입체제한해제] 센스와 선천적인 균형 감각으로 마치 곡예 같은 수상 스키를 즐기고 있었다.

나는 뤼이, 자쿠로와 함께 비치 파라솔 아래에서 그 모습을 바라보았고, 뮤우가 보트에 매달린 채 이쪽으로 손을 흔들었기에 살짝 쓴웃음을 지으며 손을 흔들어주었다.

다른 플레이어들도 뮤우를 따라서 수상 스키에 도전했다가 화려하게 넘어지면서 즐거운 시간을 보내고 있었다.

"휴우, 왠지 정말 긴 하루였던 것 같은데."

나는 멍하게 오늘 있었던 일들을 떠올리면서 한동안은 느긋하게 지내고 싶다는 생각을 했다. 그리고 숨을 돌린 다음 로그아웃했다.

5장   해적왕의 비보와 수수께끼 유적

해역 돌파와 남쪽 외딴 섬에 상륙하는데 성공하고 나서 사흘 뒤, 집.

나는 집의 창문으로 바깥을 바라보며 크게 한숨을 내쉬었다.

"에휴, 빨래가 안 마르겠는데."

6월에 들어선 뒤, 처음 1주일 동안에는 날씨가 안정적이었다.

하지만 며칠 전부터 본격적인 장마철에 들어섰고, 비가 계속 내리게 되었다.

오늘도 아침부터 어둡고 묵직한 구름이 하늘을 뒤덮고 있었고, 비가 꽤 많이 오는 와중에 학교에 갔다가 돌아오는 길에 슈퍼에서 장을 봐왔다.

"정말 그렇다니까. 나도 신발에 비가 들어차서 발이 시렸어."

미우가 내 옆에 서서 마찬가지로 창문 바깥을 올려다보았다.

"진짜 장마철은 우울해진다니까."

"음~. 그래도 게임은 기본적으로 집에서 하니까 별로 신경 쓰이지 않는 것 같기도 해."

나는 미우다운 대답을 듣고 쓴웃음을 지으면서 조금 쌀쌀해진 것 같았기에 따뜻한 차를 끓였고, 간식인 푸딩을 냉장

고에서 꺼냈다.

"그래도 역시 맑은 날이 그리워지지?"

그러자 미우가 내게 제안을 했다.

"맑은 날 기분을 맛보고 싶으면 OSO에 로그인하면 되잖아. 남쪽 외딴 섬은 햇살이 따가울 정도니까."

"아~, 내가 평소에 로그인할 때는 보통 저녁이나 밤이니까 맑은 날씨는 별로 못 봤네."

평소에는 [아트리엘]에서 포션 같은 아이템을 생산하는 게 일과였다.

모처럼 해역을 돌파해서 남쪽 외딴 섬의 포탈을 개통시켰는데, 다른 것들은 거의 모른다.

"어~? 아깝잖아. 재미있는 게 많이 있어!"

미우는 간식인 푸딩을 먹으면서 이것저것 가르쳐 주었다.

"남쪽 외딴섬이라 해도 실제로는 꽤 넓고 큰 에리어야!"

"호오, 크기가 어느 정도 되는데?"

"섬 가장자리를 걸어서 돌아보는데 대충 두세 시간 정도 걸릴 정도로 넓다고 해야 하나?"

도보 시속을 6킬로미터로 가정해서 생각했을 때, 섬을 한 바퀴 도는 데 3시간이 걸린다면 섬의 둘레는 18킬로미터가 된다.

둘레의 거리를 원주율로 나누면 섬의 직경은 약 6킬로미터.

섬의 한가운데까지는 그 절반인 거리, 대충 3킬로미터 정도 되려나?

"그렇게 넓으면 제1마을을 중심에 두고 주변 4에리어 정도 되지 않아?"

"응. 대충 그 정도야. 그렇게 에리어가 넓으니까 동서남북, 네 군데에 포탈이 각각 있어."

보아하니 섬의 북쪽에 NPC가 살고 있는 어촌 포탈말고도 섬의 둘레에 각각 이동시간 단축용 포탈이 있는 것 같다.

"왠지 매우 보람이 있을 것 같은 에리어네."

"그렇다니까! 섬 자체가 넓다는 것 말고도 섬의 가운데 쪽으로 다가갈수록 적 MOB이 강해지고, 지형도 까다로워! 섬 안에는 던전이나 퀘스트도 있고, 섬 주위에 있는 바다에도 여러 가지 장소나 물건들이 있는 것 같아!"

흥분해서 이야기하기 시작한 미우를 보고 나는 쓴웃음을 지으며 맞장구를 쳤다.

"그렇구나. 그렇게 다양한 것들이 있다면 내 취향에 맞는 것도 있을까?"

"음~. 오빠 취향에 맞는 거라고 하면 [해적왕의 비보찾기] 퀘스트려나?"

"[해적왕의 비보]라고? 그러고 보니 외딴 섬에 상륙할 때 쓰러뜨렸던 해적 NPC가 그렇게 말했었던 것 같은데."

"응, 그거 맞아. 남쪽 외딴섬 에리어 전역에 [해적왕의 비보]라는 레어 아이템이 숨겨져 있고, 그것을 찾아내서 손에 넣는 게 에리어의 주요 컨텐츠인 것 같아."

"호오, 재미있을 것 같은데. 나 같은 생산직도 즐길 수 있을 것 같아."

그렇게 말한 다음 미우에게 보물찾기에 대한 보충 설명을
들었다.

"이 [해적왕의 비보]는 그냥 그곳에 간다 해도 얻을 수가
없어."

"앗, 그래?"

"[해적왕의 보물 지도]라는 아이템을 가지고 그 지도에 나
온 장소를 조사하면 나타나는 보스 MOB을 쓰러뜨리거나
시련, 또는 미니 던전을 클리어하면 얻을 수 있어."

그렇구나, 내가 해적선 안에서 회수한 지도는 퀘스트의
발생조건인 아이템이었어.

"하지만 보물찾기를 할 때는 주의해야 할 게 한 가지 있어."

"주의?"

내가 고개를 갸웃거리자 미우는 고개를 힘껏 끄덕이며 설
명했다.

"[해적왕의 보물 지도]에는 각각 1부터 108까지 번호가
매겨져 있어."

해적선에서 회수한 보물 지도에는 '98'이라는 번호가 매
겨져 있었다는 걸 떠올리고 고개를 끄덕였다.

"하지만 그 지도로 반드시 [해적왕의 비보]를 찾아낼 수
있다는 보장은 없거든."

"미우, 그게 무슨 소리야? 보물 지도 중에 꽝이 있다고?"

내가 되묻자 미우는 끙끙대며 말꼬리를 조금 흐렸다.

"음~. 전부 다 꽝이라고 할 수는 없을 것 같은데. 보물 지도에는 두 종류가 있는데, 편의상 [비보 지도]하고 [꽝 지도]라고 부를까?"

그렇게 말한 미우는 계속 설명했다.

"[비보 지도]는 말 그대로 적혀 있는 번호의 비보가 있는 지도야. 그리고 [꽝] 지도라는 건 빈 상자가 아니라 돈이나 환금용 아이템, 생산 소개 아이템이 들어 있고, 다음 보물 상자로 연결되는 새로운 보물 지도도 있어."

"다시 말해 보물찾기를 한 번 더 할 수 있다는 뜻이지?"

"응. 그런 뜻이야! 그리고 보물찾기를 계속하다 보면 언젠가는 지도의 번호에 나온 비보에 도달하는 거지!"

조사한 보물 지도는 보물 상자를 발견한 시점에서 사라지지만 새로운 보물 지도를 얻을 수 있기 때문에 실질적으로 [해적왕의 비보]를 손에 넣을 때까지 계속 보물찾기를 할 수 있다.

나는 해적선에서 보물 지도를 얻었는데, 다른 플레이어들은 어떤 방법으로 지도를 얻은 걸까.

미우가 내 의문을 눈치챘는지 설명해 주었다.

"보물 지도는 어촌의 지도 상점에서 20만 G에 살 수 있어."

"그렇구나……"

"그밖에도 외딴 섬의 적 MOB이 낮은 확률로 주거나 바닷속 보물 상자에서 얻을 수도 있는 모양이야."

"호오, 입수할 수 있는 방법이 여러 가지구나."

"그리고 지도의 번호가 적을수록 [해적왕의 비보]의 입수 난이도가 높아지는 경향이 있다는 정도?"

미우는 어디까지나 경향이고 센스나 플레이 스타일, 상성에 따라 난이도가 바뀐다고 설명해주었다.

나는 그렇게 미우와 간식을 먹으면서 남쪽 외딴 섬 이야기를 들었다.

"잘 먹었어! 나는 루카네랑 보물을 찾으러 가자고 약속해서!"

차를 다 마신 미우는 그렇게 말한 다음 OSO에 로그인하기 위해 방으로 돌아갔다.

미우를 보낸 나는 혼자서 간식을 먹을 때 사용했던 식기를 정리하며 조용히 중얼거렸다.

"……나도 보물찾기를 해볼까."

식기를 정리한 다음, 나도 방으로 돌아가 OSO에 로그인했다.

OSO에 로그인해서 [아트리엘] 공방에 들어온 나는 곧바로 공방에 설치되어 있는 미니 포탈을 통해 남쪽 외딴 섬의 어촌에 있는 포탈로 전이했다.

한순간에 햇볕이 강하게 내리쬐는 곳으로 전이하자 현기증이 났고, 눈이 부셨기에 손을 들어 햇빛을 가렸다.

"휴우, 여기는 덥네. 일단 수영복 장비로 갈아입을까."

이제 [열기 대미지] 대책으로 수영복을 입는데 거부감이 없어지기 시작해서 조금 미묘한 기분이 들긴 했지만, 탱크

톱 수영복을 입고 파카를 걸쳤다.

뮤우에게 [해적왕의 비보]에 대해 이야기를 좀 듣긴 했지만 외딴 섬의 지리도 아직 잘 알지 못했기 때문에 이 섬을 산책하면서 보물을 찾아보자고 생각하고 뤼이와 자쿠로를 불러냈다.

"뤼이, 자쿠로——《소환》! 산책하면서 보물을 찾아보자!"

『뀨우~!』

뤼이는 갑자기 무슨 소리냐는 듯한 눈초리로 나를 보았고, 자쿠로는 뤼이의 등에 탄 채 씩씩하게 울음소리를 냈다.

"바로 지도를 살펴볼까."

나는 잠깐 보기만 했던 '98'번 지도를 펼치고 확인했다.

보물 지도는 이 외딴 섬 에리어의 극히 일부를 확대한 것이었고, 비보를 나타내는 숫자, 방위를 나타내는 기호, 나무와 바위, 강 같은 지형적인 특징이 추상적으로 그려져 있었다.

그런 지도를 보고 가위표로 표시된 보물을 찾는 것은 쉽지 않았다.

하지만 보물 지도 가장자리에 푸른 마커로 점이 떠 있었고, 플레이어가 지금 있는 지점을 나타내고 있는 걸 보니 보물 쪽으로 다가가면 벗어나 있는 마커도 보물 지도 안으로 이동할 것 같았다.

"음, 지금 있는 곳이 북쪽 어촌이고, 지도의 마커는 위쪽, 왼쪽이구나."

다시 말해 보물이 있는 곳은 이곳에서 남동쪽이라는 뜻
이다.

"뭐, 지도의 숫자도 크니까 그렇게 섬 안쪽까지 들어가지
않아도 되겠지."

나는 그렇게 중얼거린 다음 뤼이, 자쿠로와 함께 지도를
따라 외딴 섬의 열대 우림 속으로 들어갔다.

"이 열대 우림 그늘 안은 좀 시원한 것 같은데."

열대 우림 안으로 들어가자 하늘을 뒤덮을 정도로 폭이
넓은 나뭇잎 덕분에 햇빛이 따갑지 않았고, 부드러운 바람
이 불어서 기분 좋게 느껴졌다. 그런 와중에 뤼이가 내 파
카 소매를 물고 잡아당겼다.

"뤼이, 왜 그래? 파카를 잡아당기다니."

그리고 저쪽이라는 듯이 이마에 달린 뿔로 어떤 방향을
가리켰다. 그쪽에는 남국 과일 같은 것이 열린 나무가 있
었다.

"저걸 먹고 싶어? 뭐, 보물을 찾는 게 급하진 않으니까 소
재를 채집하면서 가볼까?"

기쁜 듯이 숨을 길게 내쉬는 뤼이와 꼬리를 살랑살랑 흔
드는 자쿠로를 보고 미소를 지었다.

그리고 나는 바나나처럼 생긴 과일이 열린 나무를 발견하
고 송이를 뜯어낸 다음 바로 뤼이, 자쿠로와 함께 시식해 보
았다.

"응. 달콤한 바나나인데. 아, 먹으면 ATK 스테이터스에

보너스가 붙는구나."

바나나처럼 생긴 과일은 스테이터스 강화 효과가 있으니까 적극적으로 모으자고 생각하면서 열대 우림을 나아갔다.

수박, 파인애플, 자몽, 망고 같은 남국 과일 계열이나 야자 열매, 카카오처럼 가공할 필요가 있는 식용 아이템을 얻었다.

"전부 다 그냥 먹어도 맛있고, 남국 과일이니까 차갑게 식혀서 셔벗으로 만들어도 좋고, 젤리처럼 굳혀도 좋고, 짜서 주스로 만들 수도 있고, 여러 모로 쓸만하겠네."

나는 신이 난 표정으로 과일 같은 것들을 모았지만, 나무 위만 보고 있던 것은 아니었다.

"오, 하쿠가다. 쿨드링크 소재를 보충할 수 있겠는데."

하쿠가의 잎은 [내열 효과]를 부여하는 쿨드링크의 소재로 쓸 수 있다.

기존 약초 아이템 같은 것들도 발견해서 채집하곤 했다.

"그러고 보니 얻은 과일을 [연성] 스킬의《하위변환》을 사용해서 씨앗으로 되돌릴 수 있을까?"

나는 걸어가면서 [연성] 센스의《하위변환》을 발동시켜 새로 채집한 남국 과일을 씨앗으로 변환시키는데 성공했다.

"좋았어, 이제 [아트리엘]에서 키울 수 있겠네. 과일도 유리 하우스 안에서라면 키울 수 있으려나."

이제 과일 씨앗이 내게는 보물이나 마찬가지라 신이 나서 견딜 수가 없었다.

외딴 섬의 가장자리여서 적 MOB도 나타나지 않았고, 해역을 돌파해서 찾아온 플레이어도 별로 없었기에 소재도 마음대로 채집할 수 있어서 열대 우림을 나아가는 속도가 느렸다.

바로 걸어가기만 하면 10분도 걸리지 않을 보물 지도에 나온 장소까지 30분 정도 걸려서 나아갔다.

"아차. 소재를 너무 많이 소집했나……, 기존 약초는 무시하고 갈까?"

나와 뤼이, 자쿠로는 보물 지도를 따라 남국 과일을 모으면서 보물이 있는 방향으로 나아갔다.

슬슬 보물 지도의 범위 안으로 들어왔으려나? 그렇게 생각했을 때 푸른 마커가 지도 안으로 이동했기에 보물이 근처에 있다는 걸 느낄 수 있었다.

"이 근처에 보물이 있는 거지?"

나는 지도를 들고 주위를 걸어다니기 시작했다.

그에 맞춰서 지도 안의 마커가 움직였고, 지도의 표시 범위가 대충 사방 100미터 정도라는 것을 알 수 있었다.

그리고 보물 지도의 붉은 가위표 부분에 섰다.

"여기에 보물이 있을 텐데."

『뀨이, 뀨이!』

눈앞에는 아무것도 없었지만, 내 [간파] 센스가 지면에 반응했고, 자쿠로가 앞발로 땅바닥을 파내기 시작했다.

"지도의 숫자가 크니까 보스 MOB이나 시련 같은 건 없으려나?"

나는 기대 반, 불안함 반으로 중얼거리면서 농업용 삽을 꺼내 땅바닥을 파냈다.

잠시 후 뭔가 단단한 것에 부딪혔고, 손으로 그 근처 흙을 털어내보니 보물 상자 일부를 발견할 수 있었다.

"좋았어! 보물 상자 발견!"

나는 신중하게 보물 상자 주위의 흙을 치우고 50센티미터 정도 되는 구멍에서 금 보물 상자를 꺼냈다.

바닷속에 가라앉아 있는 보물 상자 중에서는 랭크가 가장 높은 보물 상자를 보니 기대감이 부풀었다.

"자, 비보를 찾아낼 수 있을까……."

나는 뤼이, 자루코와 함께 보물 상자 뚜껑을 살며시 열었다.

안에는 금은보화가 가득 차 있었고, 그 안에 보물 지도 한 장이 들어 있었다.

"아하하하, 역시 그렇게 간단히 비보를 얻을 순 없구나."

나는 살짝 한숨을 쉰 다음 보물 상자 안에 들어 있던 걸 회수하고 다음 보물 지도를 펼쳤다.

"이번에는 남서쪽이구나."

새 지도의 마커가 화면 바깥 오른쪽 위에 있는 걸 보니 지금 있는 곳에서 남서쪽에 보물이 있다는 걸 알 수 있었다.

"뭐, 다시 소재 같은 걸 채집하면서 가보자."

그렇게 말하며 일어선 다음에 내가 판 구멍을 메꾸고 나니 뤼이가 다시 내 파카 소매를 물고 잡아당겼다.

"뤼이, 이번엔 왜 그래?"

내가 묻자 등을 내밀며 고개를 흔들어서 등에 타라는 시능을 했다.

"등에 타라고? 알았어. 그럼 가볼까── [성수화]!"

나는 EX 스킬인 [성수화]를 사용해서 뤼이를 성장시키고 등에 올라탔다.

울창한 열대 우림 사이를 뛰어가며 남서쪽으로 나아갔다.

"역시 뤼이를 타고 가니 빠르구나!"

이제와서 무슨 소릴 하는 거냐는 것처럼 한숨을 쉬는 뤼이를 타고 다음 보물이 있는 곳으로 향했다.

그렇게 가던 도중에──.

"으앗, 뤼이. 너······."

『뀨우~.』

우리 눈앞에 나타난 적 MOB을 앞다리 발굽으로 세차게 짓밟아서 쓰러뜨렸다.

요즘에는 자쿠로가 더 활약을 많이해서 그런지 뤼이는 화풀이를 하려는 듯이 신이 나서 적 MOB을 쓰러뜨리며 나아갔다.

●

뤼이를 타고 열대 우림 사이를 나아가자 덩굴로 뒤덮인 석제 유적에 도착했다.

"오, 유적이 있네."

좀 전에 발견한 보물 상자는 딱히 특징이 없는 곳에 있었는데, 이 유적은 척 보기에도 무언가가 있을 법한 분위기가 풍겼다.

"던전 같은 게 아니라면 좋겠는데."

나는 그렇게 중얼거린 다음 뤼이의 등에서 내려 유적 쪽으로 다가갔다.

유적의 입구를 찾아보았는데, 그럴싸해 보이는 돌문이 굳게 닫혀 있었다.

뭔가 필요한 게 있나 생각하면서 유적의 돌문을 신중하게 만져보았다.

표면은 거칠었고, 딱히 힌트가 될 만한 글자나 기호는 없는 것 같았다.

그밖에도 뭔가 없는지 유적의 돌문 근처를 찾아보니 유적을 뒤덮고 있는 덩굴로 가려진 곳에서 [간파] 센스가 반응했다.

센스에 의존해서 덩굴을 식칼로 자르고 한 군데만 색이 진해서 눈에 띄는 돌을 밀어넣어보니 유적의 돌문이 열리기 시작했다.

"전통적인 장치인데? 이런 곳에 숨겨져 있는 걸 보니 아무래도 진짜 같아. 뤼이, 자쿠로, 조심히 가보자."

나는 뤼이와 자쿠로를 데리고 유적 돌문 안으로 들어갔다.

유적 내부는 싸늘한 공기로 가득 차 있었고, 자쿠로가 여우불을 사용해서 어두운 유적을 비춰주었다.

그리고 금방 유적 안쪽에 도착해보니 수정 같은 결정이 푸르스름하게 빛나며 유적 내부를 희미하게 비추고 있었다.

"여름 캠프 이벤트가 생각나네."

여름 캠프 이벤트 때 호수의 유적에서 마개조 무기의 소체를 회수했을 때가 생각나서 정겨운 마음에 미소를 지었다.

하지만 이번에는 바로 보물을 얻을 수 있을 것 같지 않았다.

"이건 천칭이지?"

유적 방 안에는 사람이 올라탈 수 있을 정도로 거대한 천칭이 있었다.

"뭐, 직감적으로는 천칭의 균형을 맞추는 거긴 한데."

미니 던전이었을 경우를 대비해 뤼이와 자쿠로가 경계하고 있었는데, 유적 내부가 수수께끼를 푸는 방이라는 것을 알고 나서는 도와주지 못하기 때문에 구석 쪽으로 얌전히 이동했다.

나는 어둑어둑한 유적 안을 둘러본 다음 바로 추로 쓸만할 것 같은 동물상 일곱 개를 발견하고 천칭 앞으로 옮겼다.

"전부 종류가 다른 동물상이네. 이걸 전부 써서 균형을 맞추면 되는 건가?"

내가 시험 삼아 늑대 동물상을 왼쪽 천칭에 올리자 천칭이 기울고 알 수 없는 기호가 두 개 떴다.

"알아볼 수가 없네. 아, [언어학]을 장비해도 해독할 수가 없어."

또 뭔가 힌트가 없는지 방 안을 둘러보니 천칭 받침대 옆에서 나이프로 새긴 듯한 힌트를 찾아냈다.

"음──, '표범은 50'이라."

내가 방금 올린 동물상은 늑대상이었다.

그것을 내려놓고 표범 동물상을 얹어보자 다른 기호 두 개가 나타났다.

그리고 다른 동물상을 얹어보니 기호의 숫자가 세 개로 늘어났다.

"표범 동물상의 무게가 50이고, 다른 동물상을 얹으니까 세 자릿수가 되었어. 그렇다면 기호가 숫자를 나타낸다고 추측할 수 있겠지."

지금 표범 동물상에 사용된 0과 5 기호. 그리고 자릿수가 올라가서 1이라는 기호를 알아낼 수 있었다.

나는 다른 숫자에 맞는 기호를 조사하기 위해 다른 동물상을 한쪽 천칭에 얹어서 무게 합계를 조사했다.

한쪽 천칭에 얹어서 세 자릿수 기호로 변하는 걸 보고 2, 3, 4 숫자 기호도 알아냈다.

그리고 양쪽 천칭에 동물상을 얹으니 천칭 사이에 동물상의 무게 차이가 떴고, 알아낸 숫자 기호를 사용해 계산해보니 모든 숫자 기호와 각 동물상의 무게를 알아낼 수 있었다.

이제 모든 동물상을 천칭에 올리고 균형을 맞추기만 하면 수수께끼를 풀 수 있을 텐데──.

"안 되겠어. 어떻게 해도 천칭이 한쪽으로 기우는데."

모든 동물상의 합계 무게는 홀수였다.

두 천칭의 균형이 맞게끔 배치하려 해도 절대 맞지 않았다.

"어딘가에 미처 못 보고 놓친 동물상이 있나?"

나는 방안을 구석구석 찾아보았지만, 숨겨진 동물상이나 힌트를 찾아낼 수 없었다.

"어떻게 하지? 돈이라도 올려볼까?"

내가 인벤토리에서 돈과 광석처럼 묵직한 것을 천칭 위에 올려보았지만, 천칭은 기울지 않고 멈춰 있었다.

그 대신 푸르스름한 글자가 공중에 떴다.

"앗, 이 글자라면 [언어학]으로 읽을 수 있어! 음——, '이 것은 혼을 재는 천칭. 다른 것을 올리면 천벌이 내린다', 아니, 경고문이구나."

나는 얌전히 천칭 위에 올렸던 돈과 광석을 치우고 식재료 아이템인 물고기를 대신 올렸다.

"좋았어, 혼이라고 했으니 생물이라면 괜찮——."

방안을 비추던 결정에서 수많은 번개가 뿜어져 나와 내 몸을 향해 날아들었다.

비명을 지를 틈도 없이 번개가 내 몸을 꿰뚫었고, HP를 대폭으로 잃었다.

일정 이상 HP를 잃어서 [기절] 상태이상에 걸리자 시야가 어두워지고 그 자리에 쓰러졌다.

경고한 대로 천칭에 부적절한 것을 올렸기 때문에 내게 천벌이 내린 모양이었다.

[기절]한 상태로 움직이지 못하는 동안 그런 생각을 하고 있자니 갑자기 따뜻한 것이 몸 안에 퍼졌고, 무거운 눈꺼풀을 뜰 수 있게 되었다.

　"으으, 몸이 아파, 따끔따끔하네……, HP가 8할이나 줄어들었어."

　천벌로 인해 햇빛에 살이 탄 것 같은 아픔을 느끼며 일어섰다.

　뤼이가 《정화》 스킬을 사용해서 내 상태이상을 회복시켜준 모양이었다.

　자쿠로도 걱정스럽게 내 얼굴을 핥아주었다. 하지만 나는 뤼이와 자쿠로가 천벌을 받지 않아서 다행이라고 생각하면서 미소를 짓고 머리를 쓰다듬었다.

　"걱정해줘서 고마워. 이제 괜찮아."

　나는 몸을 일으킨 다음 줄어든 HP를 회복시키기 위해 메가 포션을 마셨다.

　물고기를 올려놓은 천칭 접시를 보니 살짝 그을린 흔적이 남아 있었다. 아마 내가 올린 물고기는 천벌을 받아 타버린 것 같았다.

　"음~. 외부의 무게추는 안 되고, 써먹을 수 있는 건 이 방 안에 있는 동물상뿐이지."

　나는 쓸만한 게 있는지 방을 둘러보았다.

　"혼의 천칭이라니, 그럼 뭘 올리면 되는 거야?"

　나는 수수께끼의 답이 생각나지 않아서 유적 바닥에 드러

누웠다.

이 유적 내부는 어둡고 시원해서 기분이 좋은데, 그렇게 현실도피를 하다가 어떤 생각이 났다.

"……나도 혼이 있는 걸로 취급되려나?"

그냥 동물상을 올려서 천칭을 맞추기만 하는 수수께끼라면 사람이 탈 수 있을 정도로 크게 만들 필요가 없다.

"그렇다면 플레이어까지 포함된 수수께끼인가?"

나는 그 의문을 확인하기 위해 일어서서 천칭 앞에 섰다.

"괜찮아. 만약 내가 타서 천칭이 기울면 나도 천칭 수수께끼의 일부겠지. 실패하더라도 다시 천벌을 받을 뿐이고."

메가 포션으로 HP를 전부 회복시켰기 때문에 한 번 더 천벌을 받는다 해도 버틸 수 있을 것이다.

나는 스스로 여러 번 다짐한 다음 고개를 들었다.

그리고 구석으로 이동한 뤼이와 자쿠로가 다시 천벌을 받는 게 아닌지 걱정하는 듯이 바라보고 있었다.

"……부탁 좀 하자."

나는 사람이 탈 수 있을 정도로 커다란 천칭 접시 위로 올라갔고, 무릎을 끌어안은 뒤 기도하는 듯이 손을 맞잡은 다음 눈을 감았다.

부디 천칭이 기울기를, 천벌이 내리지 않기를, 그렇게 기원했다.

그리고 올라간 천칭 접시가 가라앉는 듯한 느낌이 들었고, 조용해진 유적 안에서는 다시 천벌이 내릴 것 같은 기색이 없었다.

조심조심 눈을 떠보니——.

"앗, 내게도 무게가 떴네."

천칭 접시 위에 지금 올려둔 것들의 혼의 무게가 떠 있었다. 거기에 표시된 내 무게는—— 21이었다.

"……이제 짝수가 되었네."

이제 수수께끼를 풀 수 있겠다며 안심하면서 천칭에서 내려온 다음 다시 무게의 균형이 맞게끔 동물상을 천칭에 올리기 시작했다.

"좌우의 천칭 접시 무게 차이는 21. 이제 내가 왼쪽 천칭 접시 위로 올라가면——."

왼쪽으로 올라가 있는 천칭 접시에 올라타자 천칭 접시가 천천히 가라앉기 시작했다.

그리고 거대한 천칭의 균형이 맞은 순간, 유적 방 가운데에 보물 상자가 올라왔다.

"이렇게까지 거창한 장치가 되어 있으니까 이번에야말로 [해적왕의 비보]겠지."

내가 스스로 타이르는 듯이 중얼거린 다음 천칭 접시에서 내려오려 했는데——.

"내가 내려온 순간에 무게가 바뀌어서 보물 상자가 다시 숨겨지는 건 아니겠지?"

만약 그렇다면 수수께끼를 처음부터 풀어야 할지도 모르겠다고 생각하면서 조심조심 천칭 위에서 내려왔다.

"응. 그렇게까지 심술궂은 수수께끼가 아니라서 다행이야."

나는 균형이 잡혀 있는 천칭을 확인하면서 방 가운데로 올라온 보물 상자를 열었다.

"이게 [해적왕의 비보]구나!"

보물 상자 안에는 꽝 상자와 마찬가지로 금은보화가 가득 차 있었다.

그런데 그 보물 가운데 손바닥 크기 정도에 평평한 연두색 돌 고리를 끈으로 묶은 액세서리가 있었다.

이게 비보인가? 그렇게 의아해질 정도로 수수해 보였다.

함께 들어 있던 금은보화가 더 화려한 것 같은데, 그렇게 수수한 돌 액세서리는 분명히 유니크 아이템이긴 했다.

불굴의 돌 [장식품] (중량 : 3)
MIND+20 추가 효과 : [튼튼함 : 1/1]
『이 몸의 98번째 비보다. 이게 있으면 나는 어떤 공격도 두려워하지 않고 계속 서 있을 수 있지. 그야말로 천벌이 내린다 해도 말이야.』

"이거 꽤 좋은 액세서리인데."

액세서리의 스테이터스 보정은 장비 중량에 비해 낮은 편이었지만, [튼튼함]이라는 추가 효과가 눈길을 끌었다.

이 추가 효과는 HP가 0이 되는 공격을 맞아도 HP가 1이 남아 견뎌낼 수 있고, 10초 동안 무적 시간이 발생하는 것이었다.

[방패]나 [갑옷] 같은 방어 계열 센스에 비슷한 스킬이 있었던 것이 생각났고, 액세서리에도 비슷한 계열이 있지만 대부분 조건이 있거나 효과가 발동되면 부서진다.

그런 점에서 따지자면 이 유니크 액세서리의 [튼튼함] 추가 효과는 하루에 한 번뿐이긴 하지만 플레이어를 사고사로부터 지켜줄 수 있다.

"액세서리의 이름은 돌처럼 튼튼하다고 해서 이렇게 지은 건가? 이런 느낌도 나쁘지 않은데. 그리고 설명 문구도 재미있고."

유니크 장비 같은 경우에는 때때로 아이템의 유래를 알려주는 설명 문구가 있을 때가 있고, [해적왕의 비보]는 해적왕이 직접 설명해주는 듯한 문구라서 재미있다.

그런데 솔직히 어떻게 해야 할지, 망설여지는 부분이 있다.

"[해적왕의 비보]는 유용하긴 하지만 내가 장비하면 지나치게 방어 쪽으로 치우치게 되는데."

나는 [대신하는 보옥 반지]라는 방어 계열 유니크 액세서리도 따로 가지고 있다.

그런 상태에서 [불굴의 돌]까지 장비하는 건 균형이 안 맞는 것 같다.

게다가 [튼튼함]이라는 추가 효과가 있어서 그런지 액세서리의 중량이 큰 것 같다.

"뭐, 콜렉션용 아이템으로 챙겨두는 건 괜찮을지도 모르지. 지금은 생각나지 않더라도 어딘가 써먹을 수 있을지도 모르고."

내가 [불굴의 돌]을 인벤토리에 넣자 지금까지 구석에 있었던 뤼이와 자쿠로가 다가왔다.

『………….』

『뀨우!』

"그래. 바깥으로 나갈까?"

내가 그렇게 말하자 이제 유적 수수께끼 풀이는 끝났다는 듯이 뤼이는 옷소매를 물고, 자쿠로는 꼬리 세 개로 내 팔을 잡아당기며 유적 바깥으로 나가자고 재촉했다.

"휴우, 머리를 좀 썼더니 피곤하네. 그래도 좀 재미있었던 것 같아."

폐쇄공간에서 해방되어서 크게 기지개를 켜고 유적을 돌아보니 돌문이 닫혔고, 유적이 조용히 자리잡고 있었다.

●

"아~, 피곤한데. 좀 쉴까?"

나는 근처에 있던 쓰러진 나무 오브젝트에 앉아서 쉬었고, 뤼이와 자쿠로는 목을 축이기 위해 남국 과일을 먹으러 갔다.

나는 쉬면서 인벤토리 안에 넣었던 보물 상자의 금은보화를 조사했다.

"보물 상자에서 얻은 돈이나 필요없는 환금 아이템을 팔면 새 보물지도를 살 수 있겠지. 그리고 소재 계열 아이템 중에 보석이 있었던 건 개인적으로 기쁜데."

보물 상자 안에는 소재 아이템으로 큼직하고 연마된 보석이 여러 개 들어 있었다.

액세서리에도 쓸 수 있고, 매직 젬을 만들 때 소재로도 쓸 수 있다.

"보물 상자 두 개에서 커다란 루비가 열 개 나왔구나. 한꺼번에 얻었으니까 매우 큰 보석을 만들 수 있으려나?"

나는 메뉴를 띄우고 센스 스테이터스의 [연성] 센스를 확인했다.

소지 SP 32

[마궁 Lv30] [하늘의 눈 Lv33] [간파 Lv43] [강력 Lv3]

[준족 Lv36] [마도 Lv37] [부가술사 Lv15] [장식사 Lv3]

[요리인 Lv23] [조교 Lv44] [연성 Lv10] [수영 Lv20]

대기

[활 Lv55] [장궁 Lv45] [대지속성 재능 Lv21] [염동 Lv17]

[조약사 Lv31] [언어학 Lv28] [등산 Lv21] [생산직의 소양 Lv34]

[신체내성 Lv5] [정신내성 Lv15] [잠복 Lv7] [선제의 소양 Lv17]

[급소의 소양 Lv15] [낚시 Lv3]

[연성] 센스란 [연금]과 [합성] 센스의 성질을 지닌 통합 센스이다.

그래서 [연금] 센스의 《상위변환》 스킬을 사용할 수 있다.

"보석 크기가 커지면 지금까지 인챈트할 수 없었던 마법 매직 젬을 만들 수 있을지도 모르고, [대신하는 보옥 반지]에도 써먹을 수 있겠지."

나는 보석을 주로 액세서리나 매직 젬, [대신하는 보옥 반지]에 사용한다.

그래서 랭크가 높고 크기가 매우 큰 보석이 있으면 지금까지 할 수 없었던 여러 가지 방법으로 사용할 수 있을 것 같았다.

"뭐, 만들어 두면 필요할 때 써먹을 수 있겠지. ──《상위변환》!"

나는 커다란 루비 열 개를 상위변환해서 매우 커다란 루비를 만든 다음 손에 들고 관찰했다.

"휴우, 역시 크니까 예쁘구나. 그런데 너무 무거워서 써먹기가 불편할 것 같아……."

처음으로 만들어본 매우 커다란 루비를 보고 인상을 찌푸렸다.

액세서리 소재로 쓰기에는 오히려 너무 커서 장식품 디자인이 제한적이다.

매직 젬으로 쓸 경우에는 던지기 편한 크기이긴 하지만, 여러 개를 동시에 던지기에는 적합하지 않다.

매우 커다란 매직 젬을 던지는 것보다 그냥 마법을 사용하는 것이 사정거리나 정확도가 더 안정적일 테고, 지뢰처럼 사전에 설치하는 식으로 운용하는 게 무난할 것 같다.

사정거리를 늘리고 싶으면 슬링샷 같은 도구와 함께 사용할 필요가 있을 텐데, 내 경우에는 금속제 화살에 마법을 인챈트해서 장궁으로 멀리 날릴 수 있다.

[대신하는 보옥 반지]에 쓰기에는 보석을 끼워넣을 빈 받침대와 매우 커다란 보석은 균형이 맞지 않고 보기에도 흉하다.

"역시 가성비를 따지면 중간 크기나 그보다 한 사이즈 큰 정도가 제일 낫나?"

매우 큰 사이즈라 해도 무조건 좋은 게 아니라는 사실을 깨닫고 손바닥 안에서 루비를 굴리며 바라보았다.

그리고 내 메뉴로 스테이터스와 습득 스킬 같은 것들을 보고 있자니 문득 어떤 스킬이 눈에 들어왔다.

"그러고 보니 매우 큰 보석에 [마력 부여]를 해본 적이 없었지."

EX 스킬인 [마력 부여]란 아이템에 플레이어의 MP를 넣어 아이템의 성능을 높이거나 상위 포션, 마법약 같은 것을 만들 때 사용한다.

작은 크기나 중간 크기 보석일 경우에는 액세서리를 만들 때 소재와 마무리 단계에서 [마력 부여]를 사용하면 스테이터스 같은 것들을 조금 키울 수 있다.

"그냥 생각난 거긴 하지만, 해볼까? 어차피 실험이니까── [마력 부여]!"

바로 손에 들고 있던 매우 큰 루비에 EX 스킬을 사용해서 MP를 담기 시작했다.

"오, 왠지 감각이⋯⋯."

매우 큰 보석에 [마력 부여]를 걸어봤는데, 예상했던 것보다 MP를 쭉쭉 담을 수 있었다.

작은 크기나 중간 크기 보석에 사용했을 때는 MP를 별로 사용하지 않고, 메가 포션이나 MP 포트 같은 상위 포션을 만들 때도 많아봤자 5퍼센트만 있으면 충분했다.

하지만 매우 큰 보석은 한도 끝도 없이 MP를 계속 흡수했다.

"으앗, 이거 혹시 MP가 부족해서 실패하는 패턴인가?"

아무리 써먹기 불편하다 해도 매우 큰 보석은 귀중하니까 없어지면 아깝다.

한 손으로 보석을 쥔 채 다른 쪽 손으로 메뉴를 조작하여 인벤토리에서 MP 포트를 꺼낸 다음 뚜껑을 열고 마셔서 MP를 회복시켰다.

"푸핫, MP는 아직 흡수되고 있네."

MP를 쭉쭉 빨아들이면서 조금씩 빛나기 시작한 매우 큰 보석을 보니 조금 무서워졌다.

그리고 빛나기 시작한 보석에 MP를 계속 담다 보니 드디어——.

"됐다. 더 이상 담으면 위험하겠는데."

메가 포션을 만들 때 [마력 부여]로 MP를 너무 많이 담으면 폭발해서 실패하게 된다.

감각을 통해 더 이상 MP를 담는 건 위험하다고 판단한 나는 [마력 부여]를 멈췄다.

그리고 빛나고 있는 매우 큰 루비의 스테이터스를 확인했다.

[마보석 : 루비] [소재]
최상급 보석이 마력으로 인해 변질된 희귀한 보석.

"뭔가 새로운 소재로 변했네. 마보석이 뭐지?"

나는 마보석이나 변질 같은 단어가 신경 쓰였다.

"어째서 변한 거지? 그리고 MP 요구량이 이상하지 않나? 아니, 그렇진 않은가? 마법약 같은 것도 변질시켰고, 소모품하고 무기, 장식용 소재와는 다르겠지."

마법약은 여러 소재를 섞은 혼합액에 [마력 부여]를 사용함으로써 특수한 효과를 지닌 약으로 변질시킨 것이라고 한다.

그리고 소모품이라서 MP 요구량이 낮을 뿐, 일반적인 액세서리에 [마력 부여]를 사용할 때는 꽤 많은 MP를 소비한다.

"보아하니 다른 소재도 [마력 부여]를 걸면 변질될지도 모르겠는데."

보석의 변질 조건이 매우 큰 크기라면, 금속 주괴는 금속의 종류와 품질 같은 건가?

그리고 리리가 다루는 목재 계열 소재나 클로드가 자주 쓰는 천, 가죽 같은 것들은 어떤 식으로 소재가 변질될까.

"내가 마법약을 만들 때 모르고 변질시켰을 뿐이고, 마기 씨나 클로드 같은 사람들은 이미 쓰고 있을지도 모르겠네. 정보를 한 번 공유하는 게 나을지도 모르겠어."

그냥 생각이 나서 해봤는데, 여러모로 조사해보고 싶은 것들이나 시험해보고 싶은 것들이 생겨버렸다.

"그래도 일단 미뤄두자. 뤼이, 자쿠로, 휴식은 이만 끝낼까?"

나는 마보석 루비를 인벤토리에 넣으면서 남국 과일을 먹으러 간 뤼이와 자쿠로를 불렀다.

내가 부르자 뤼이와 자쿠로는 급하게 과일을 마저 먹느라 입 주위에 덕지덕지 묻어 있었다.

뤼이는 물덩이를 만들어내서 자쿠로와 함께 입가를 깔끔하게 씻고는 아무 일도 없었다는 듯이 굴었고, 나는 그런 모습을 보며 쓴웃음을 지었다.

"자, 서쪽 포탈을 등록한 다음에 돌아가자."

나는 지금 있는 곳에서 가장 가까운 서쪽 포탈로 향해 걸어가기 시작했는데, 뤼이와 자쿠로는 그곳에서 움직이지 않고 귀와 꼬리를 쫑긋 세우며 다른 방향을 보았다.

"왜 그래? 뤼이, 자쿠로."

뭔가 있나? 나도 그렇게 생각하며 그쪽을 본 직후, 쿠웅,

묵직한 소리와 함께 열대 우림 사이로 물기둥이 솟구쳤다.

"뭐, 뭐야?!"

돌아본 곳에서 낯익은 목소리를 들은 나는 자쿠로를 불러 들인 다음 뤼이를 타고 지시를 내렸다.

"뤼이, 소리가 난 곳으로 가줘!"

나는 뤼이를 타고 열대 우림 사이를 뛰어가기 시작했다.

『CYAAAAAAAAAA──.』

열대 우림 너머에서 유리를 긁은 것처럼 날카로운 소리가 들렸다.

내가 뤼이와 함께 수풀에서 뛰쳐나가자 눈앞에는 자그마한 물가가 있었다.

그 물가에서 뮤우 파티가 거대한 연꽃 하반신과 피부가 녹색인 반인반식물 여자── 로터스 알라우네라는 MOB과 맞서고 있었다.

게다가 상황이 안 좋았다.

『아하하하하하하핫! ──《솔 레이》!』

『크아아아아아아앗! ──《임팩트》!』

"뮤우하고 히노가 [유혹]에 걸렸어요! 저하고 토비 양이 끌어들일게요!"

"……뮤우 양! 히노 양! 정신을 차리세요!"

로터스 알라우네에게 [매료]의 상위인 [유혹] 상태이상 공격을 당한 뮤우와 히노는 루카토 일행을 적대시하고 있었다.

뮤우는 미친 듯이 괴상한 웃음소리를 내며 수렴광선을 날렸고, 루카토가 버스터드 소드의 측면으로 막아냈다.

히노는 짐승같은 울음소리를 내며 큰 망치를 휘둘렀고, 막아선 토우토비는 후위에게 공격이 날아가지 않게끔 유도했다.

하지만 전위 두 사람이 [유혹]당한 틈을 타서 로터스 알라우네가 리레이를 공격했다.

코하쿠도 대미지를 받으면서 쓰러진 리레이를 껴안고 있었다.

"크윽, 여기까지, 인가요……. 이대로 가다간 파티가 붕괴되겠어요."

회복의 핵심인 뮤우가 [유혹]당하자 단숨에 파티가 붕괴되기 시작했고, 루카토 일행이 분투하며 겨우 버티고 있었다.

『CYAAAAAA──.』

로터스 알라우네가 날카롭게 소리쳤고, 그 목소리에 호응하는 듯이 보라색 꽃가루가 주위로 퍼졌다.

광범위 상태이상에 루카토 일행이 포기한 듯한 분위기를 보였지만──.

"뤼이──《정화》!"

뤼이가 내뿜은 정화의 파동이 밀어닥친 꽃가루를 밀어냈고, 그대로 뮤우와 히노의 상태이상을 치료했다.

상위 상태이상인 [유혹]에 걸려 있던 뮤우와 히노는 정화로 완전히 치료되지 않았기에 상태이상 회복약을 퍼부어 정신을 차리게 했다.

"어라? 윤 언니? 여긴 어떻게?"

"목소리를 듣고 달려왔지. 뮤우네 파티가 질 것 같아서 나도 모르게 끼어들었어."

좀 전까지 절박한 상황이었지만 뮤우와 히노가 정신을 차리고 조금씩 어떤 상태인지 이해하기 시작했다.

"아, 그렇지. 회복──, 《라운드 하이 힐》!"

뮤우가 회복마법을 쓰기 시작하자 파티로서 여유를 되찾아 나갔다.

충동적으로 끼어들었지만 별로 좋지 않은 행동이라고 반성하면서 쓰러진 리레이에게 [소생약]을 사용했다.

"괜히 끼어들어서 미안해."

"지나가다가 힐을 준 거나 마찬가지니께 딱히 신경 쓸 필요는 없제. 윤 씨가 와줘서 참말로 다행이여."

나와 코하쿠가 이야기를 나누고 있던 동안에 리레이가 깨어나서 씨익 웃었다.

"후후후, 그대로 알라우네에게 조종당하는 뮤우 양하고 히노 양을 보면서 즐기는 것도 괜찮았겠지만, 역시 지는 건 마음에 안 드네요."

"리레이, 쓰러져놓고 또 뭔 쓰잘데기 없는 소리를 하는 거여!"

코하쿠와 리레이는 농담을 할 수 있을 정도로 여유가 생겼고, 나는 쓴웃음을 지었다.

"그런데 너희는 어떻게 할 거야? 이대로 후퇴할래?"

"HP를 절반까지 깎았어! 나머지 절반도 깎아서 쓰러뜨릴 거야! 윤 언니도 이왕 왔으니까 도와줘!"

"상관없긴 한데, 공격하진 않을 거야."

뮤우 파티와 싸우고 있는 로터스 알라우네를 공격하면 [공투 페널티]가 발생해서 스테이터스 같은 것들에 마이너스 보정을 받게 되어버린다.

하지만 공격을 가하지 않고 그냥 지나가다가 힐을 건 듯한 형태로 도울 수는 있다.

"그럼 간다! 《존 인챈트》── 어택, 디펜스, 마인드!"

"다시 가자! 얘들아!"

꼼수 같은 방법이긴 하지만, 뮤우 파티를 보조하기로 했다.

인챈트로 강화된 ATK로 인해 대미지가 증가했고, DEF, MIND가 올라가자 뮤우 파티의 상태이상 저항력도 올라갔다.

그리고 뤼이의 《정화》로 로터스 알라우네의 상태이상 공격을 막을 수 있었기에 뮤우 파티가 정상적으로 움직이기 시작했고, 로터스 알라우네에게 대미지를 입혀나갔다.

"후후후, 이걸로 끝이에요! ──《플레임 서클》!"

리레이가 지팡이를 들어 올린 뒤 아래쪽으로 휘두른 것과 동시에 불꽃 고리를 만들어냈고, 그것이 한데 모여서 물가 가운데에 있던 로터스 알라우네를 집어삼켰다.

불꽃 속에서 날카로운 비명을 지르면서 로터스 알라우네가 빛의 입자로 변해 사라졌다.

"아~, 지쳤어~. 윤 언니하고 뤼이, 고마워. 처음 싸워보는 적은 힘들구나. 몸이 멋대로 움직여서 마법을 루카에게 쏴버렸어. 윤 언니가 구해주지 않았다면 더 고전했을지도 몰라."

파티를 붕괴 직전까지 몰아붙인 적과의 전투가 끝나자 긴장이 풀려서 피로가 몰려왔는지 뮤우는 힘없이 웃었다.

그냥 뮤우의 오기 때문이었는지, 소생약 같은 아이템이 있기 때문인지, 절대로 질 것 같다는 말은 하지 않았다.

그 모습을 보고 루카토와 다른 사람들이 쓴웃음을 지었고, 토우토비와 히노가 보물 상자를 회수해왔다.

"……뮤우 양, 이번에는 당첨이에요. [해적왕의 비보]라고요."

"앗싸! 나중에 모두 함께 나누자!"

외부인인 내게는 보이지 않는 보물 상자를 연 토우토비가 보고하자 뮤우가 기뻐하며 소리쳤다.

그리고 뮤우는 다시 나를 보고 고맙다는 인사를 했다.

"윤 언니. 구해줘서 정말 고마워."

"우연히 마주쳤을 뿐이니까 신경 쓰지 마."

내가 그렇게 말하고 뮤우의 머리를 쓰다듬어주자 기분 좋다는 듯이 눈을 가늘게 떴다.

잠시 쓰다듬어 주다 보니 뮤우는 살며시 내게서 물러났다.

"피곤하니까 휴식 장소로 돌아갈까!"

뮤우의 제안에 루카토와 다른 사람들도 그러자는 듯이 고개를 끄덕였다.

"윤 언니는 어떻게 할 거야? 아직 모험하고 있어?"

"아니, 볼일을 마쳤으니까 같이 갈게."

"그럼 가자!"

뮤우의 호령과 함께 루카토 일행이 걸어가기 시작했다.

뮤우는 누구보다 빠르게 기력을 되찾았는지 선두에서 경쾌하게 걸어갔다.

하지만 피로 때문인지 히노와 코하쿠가 걸어가는 모습이 이상했기에 내가 불러세워서 뤼이의 등에 태우고 이동했다.

"으, 히노하고 코하쿠만, 부럽다……."

"후후후, 사실 저도 햇빛 때문에 비틀거리고 있거든요. 부디 미소녀와 밀착할 기회를!"

로터스 알라우네와 전투를 벌이며 궁지에 처한 뒤에도 뮤우와 리레이의 반응이 평소와 마찬가지였기에 모두가 쓴웃음을 지었다.

6장　MOB식 엔진과 거대 게

뮤우 일행이 말한 휴식 장소. 그곳은—— [바다의 집]이
었다.

"어서 옵쇼! 모두의 휴식처, [바다의 집] 2호여!"

"시치후쿠, 어느새 이런 걸 만든 거야?"

내가 어이없이 외딴 섬 서쪽 해안에 지은 목조 단층 건물
을 바라보았고, 뮤우 일행과 함께 안으로 들어갔다.

"다들 고생했어. 그럼 보물을 나누어볼까!"

뮤우가 나서서 그렇게 말하자 모두가 모은 보물을 꺼내기
시작했다.

그 보물의 양은 대충 봐도 보물 상자 스무 개 분량은 넘는
것 같았다.

"엄청나게 많네……."

"별것 아니야. 오늘은 보물 지도를 100장 산 다음에 외딴
섬 서쪽을 중점적으로 돌았을 뿐이니까."

하긴, 지도 한 장만 놓고 계속 찾아다니기보다는 지도를
잔뜩 사서 외딴 섬의 에리어별로 나누고 근처에 있는 보물
을 찾는 게 효율은 더 좋을 것 같다.

뮤우는 아무렇지 않다는 듯이 대답했지만, 나는 그 효율
적인 움직임에 감탄이라고 해야 하나, 어이가 없다는 느낌
이 들었다.

"돈은 똑같이 나누면 되지? 그리고 소재 계열은 어떻게 할까? 쓰고 싶은 소재를 각자 고르고 남은 소재는 팔아서 돈으로 나누면 되나?"

뮤우가 그렇게 말하자 아무도 이의가 없었는지 가지고 싶은 소재 말고는 전부 환금하게 되었다.

그리고 마지막으로 보물 분배의 메인 이벤트가 기다리고 있었다.

"이번 탐색 때 찾아낸 [해적왕의 비보]는 일곱 개인데, 어떻게 하지?"

"가지고 싶은 비보가 있긴 한데, 로터스 알라우네와 싸울 때 상태이상에 걸려서 폐를 끼쳤으니까 나는 나중에 골라도 상관없어."

"히노가 말한 대로 나도 성기사를 자칭하면서도 모두를 위기에 처하게 했으니까 나중에 골라도 상관없어."

회복 역할을 맡고 있는데도 상태이상에 걸려버렸다는 사실 때문에 뮤우가 크게 한숨을 쉬었다.

루카토, 토우토비, 코하쿠, 리레이, 네 사람이 먼저 [해적왕의 비보]를 골랐다.

"그럼 전 사양하지 않고 이걸……."

"앗……, 내가 노리던 거. 역시 루카가 고르는구나."

히노가 노리던 아이템은 두꺼운 가죽으로 포장된 책이었다.

"히노 양, 미안해요. 자기 단련에는 [전사의 추억]이 딱 좋으니까요."

[전사의 추억]이라는 비보는 플레이어가 예전에 쓰러뜨린 MOB의 모습이 책에 기록되고 필요에 따라 그 환영을 불러낼 수 있는 아이템인 것 같았다.

책의 형태이고, 몬스터 도감 같은 요소이기도 하기에 개인적으로는 나도 가지고 싶다는 생각이 들었다.

"내는 이 도자기 조각을 챙길 거여."

코하쿠가 고른 것은 도자기 조각 형태인 강화 소재, 토우토비는 예쁜 반지를 들었다.

그리고 리레이는——.

"후후후, 이걸로 할까요——, 아니면 이거——."

남은 비보 네 개를 두고 손가락을 이리저리 움직이면서 뮤우와 히노의 반응을 보고 있었다.

두 사람의 반응을 보니 어떤 아이템을 노리고 있는지 알 수 있었다.

그래서 일부러 그 비보를 가리키면서 풀죽은 모습을 바라보았다.

그런 다음 다른 비보를 가리켰을 때 표정이 확 밝아지는 뮤우와 히노의 표정을 즐기고 다시 두 사람이 노리는 비보 쪽으로 손을 뻗었다.

그렇게 여러 번 뮤우와 히노의 반응을 즐긴 다음 두 사람이 노리는 비보가 아닌 쪽을 들었다.

"후후후, 저는 이걸로 할게요."

뮤우와 히노의 반응을 즐기는 건 참 악취미 같다는 생각이 들었지만, 두 사람이 노리는 비보를 고르지 않은 건 리레이가 나름대로 배려한 건지도 모르겠다.

"나하고 히노 차례가 되었구나."

"그럼 나는 이거!"

"그럼 나는 이걸 가질게."

히노는 낡은 팔찌를 골랐고, 뮤우는 여러 가지 색으로 빛나고 있는 일그러진 덩어리를 골랐다.

나는 각도에 따라 괴상하게 빛나고 있는 신기한 물체를 보고 한순간 정신이 팔렸다.

그리고 마지막으로 남은 비보 하나를 두고 뮤우 일행이 서로 눈빛을 주고 받은 다음──.

♫──가위, 바위, 보!♫

매우 단순한 방법으로 마지막 비보를 가지기 위해 경쟁했다.

"……해냈네요."

"졌어어어어어!"

가위바위보는 토우토비가 이겼고, 그녀가 마지막으로 남은 녹슨 열쇠 비보를 얻자 뮤우가 아쉬워했다.

그렇게 뮤우 일행은 오늘 얻은 보물을 나눈 다음 꽝 보물상자에서 새로 얻은 보물 지도를 펼친 뒤 장소를 정리하기 시작했다.

그런 와중에 뮤우가 내게 물었다.

"그러고 보니 윤 언니는 우연히 마주쳤다고 했는데, 거기서 뭐하고 있었어?"

"나도 [해적왕의 비보]를 찾고 있었거든. 그리고 이걸 찾아낸 다음에 돌아오던 길이었고."

그렇게 말한 다음 좀 전에 얻은 [불굴의 돌]을 꺼내 효과를 설명했다.

"좋겠다. 비보 번호는 몇 번이었어? 이 지도 안에 그 아이템이 있을까?"

전투 플레이어인 뮤우 일행은 부럽다, 운이 좋았다는 말을 했다.

"좋은 방어 계열 아이템인 것 같긴 한데, 그렇게 부러워할 정도야?"

"유니크 액세서리니까 부서지지도 않을 테고, 하루만 지나면 다시 충전되니까 쓰기가 편하잖아."

"그리고 전투에서 효과가 발동된 뒤에는 다른 액세서리로 장비를 교체하면 낭비도 안 될 테고."

"아, 그렇구나. 그렇게 쓸 수도 있겠어."

내가 미처 생각하지 못했던 방식이나 꼼수를 가르쳐준 뮤우와 히노를 보고 솔직히 감탄했다.

그런 다음에는 서로 조사한 비보의 정보에 대해 이야기를 나누었다.

보아하니 [해적왕의 비보]가 있는 곳에는 뭔가 다른 요소가 있는 모양이었다.

내가 했던 것처럼 수수께끼가 있거나, 뮤우 일행이 싸웠던 것처럼 보스 MOB, 그밖에도 이벤트 전투나 작은 던전

등, 여러 가지가 마련되어 있는 것 같다.

나도 [불굴의 돌]을 얻었던 수수께끼에 대해 그 과정을 기록한 노트 스크린샷을 뮤우 일행에게 제공했다.

"고마워! 만약 그 비보 수수께끼에 도전하게 되면 금방 공략할 수 있겠어."

"플레이어마다 동물상의 무게 같은 게 달라질지도 모르니까 조심하고."

"그래도 수수께끼를 푸는 방법만 알면 응용할 수 있잖아."

신이 나서 웃는 뮤우는 팔목에 차고 있던 팔찌를 보고 뭔가 생각났는지 두리번거렸다.

"왜 그래? 뮤우."

"아니, 저기 말이지. 저번에 윤 언니가 선물해준 액세서리 있잖아."

뮤우가 들어올린 손목에는 내가 선물한 [스노우 화이트 브레이슬릿]이 장착되어 있었다.

"부서졌을 때도 수리해줬으니까 윤 언니에게 뭔가 보답하고 싶다는 생각이 들었거든."

"나는 딱히 신경 안 쓰는데……."

"내가 신경 쓴다고! 그리고 오늘 도와준 보답도 하고 싶어! 그러니까. 이거 줄게!"

뮤우가 그렇게 말하면서 내민 것은 좀 전에 뮤우가 골랐던 여러 가지 색으로 빛나나는 일그러진 덩어리, [해적왕의 비보]였다.

마탄의 돌팔매 [강화 소재]

『이 몸의 104번째 비보다. 이 녀석이 있으면 어떤 상대에게도 대포를 맞출 수 있지. 배들끼리 벌이는 포격전에서는 패배를 모르는 부적이라고.』

그리고 [장식사] 센스로 성장함으로써 강화 소재에 대한 감정 능력이 올라서 액세서리에 사용했을 경우에 얻을 수 있는 추가 효과를 알 수 있게 되었다.

"이건──[사격 강화 (중)] 추가 효과를 얻을 수 있는 건가?"

사격이라면 활이나 개인 공격 마법, 투척 같은 것에 해당된다.

"응. 내가 써봤자 강화 범위가 한정적일 테니까 윤 언니가 써줘."

"이런 건 못 받아! 그리고 그걸 받으면 뮤우는 [해적왕의 비보]가 하나도 없게 되잖아."

"그런 건 다시 모으면 돼!"

말은 쉽지, 나는 그렇게 말하며 쓴웃음을 지었다.

하지만 실제로 보물 지도를 수십 장 펼쳐놓고 효율적으로 보물을 찾고 있는 뮤우 일행을 보니 농담으로 들리진 않았다.

"알았어. 그럼 고맙게 쓰도록 할게."

"응! 그걸 써서 강해진 다음에 같이 모험하자."

"아하하하, 살살 부탁해."

나는 뮤우에게 받은 여러 가지 색으로 빛나는 돌멩이를 꽉 쥐었다.

나와 뮤우가 그렇게 이야기를 나누고 있자니 루카토 일행, 그리고 [바다의 집]에 있던 시치후쿠가 훈훈하다는 듯이 바라보고 있었다.

"윤 언니는 어떻게 할 거야? 나는 루카네랑 좀 더 쉴 건데."

"나는 저녁밥을 해야 하니까 먼저 로그아웃할게. 늦게 오지 말고."

나는 뮤우에게 그렇게 말한 다음, 외딴 섬 서쪽의 포탈을 등록하고 나서 OSO에서 로그아웃했다.

그리고 저녁 식사 때는 미우가 보물찾기를 했던 이야기 같은 것들을 자세히 들었다.

식사를 마친 다음에 식기 정리와 목욕 등, 잘 준비까지 마친 나는 다시 OSO에 로그인한 다음 밤이 된 [아트리엘]에 나타났다.

로그인한 나는 문을 닫은 [아트리엘] 점포로 가서 상품의 판매 현황을 확인했다.

"앗, 내 액세서리가 팔렸네."

가로로 긴 쇼케이스에는 디자인 계열별로 액세서리를 전시해두었는데 군데군데 팔려 나가서 조금 허전한 공백이 생겨나 있었다.

가지고 있는 것만 팔고, 마음이 내키면 만드는 정도겠지만, 사람들이 원한다면 상품용으로 몇 개 더 만들까 하는 생각에 공방으로 들어갔다.

"자, 뮤우에게 받은 강화 소재로 액세서리를 만들어볼까?"

지금까지 내가 쓸 액세서리를 여러 번 만들어왔다.

하지만 대부분은 특정한 상황에서 사용할 물건이나 범용성이 뛰어난 물건이었다.

그래서 이번에는 뮤우와 세이 누나, 타쿠에게 선물했던 것과 마찬가지로 플레이어에게 맞춰서 조정한 내 전용 액세서리를 만들 생각이었다.

"자, 어떤 소재로 만들까."

가지고 있는 소재 중에서 두 가지를 골라서 꺼냈다.

"미스릴하고 그란라이트 광석을 기반으로 만들까."

은빛으로 빛나는 미스릴 주괴와 노란색 기운이 도는 토속성 그란라이트 주괴를 [마도로]에 넣고 녹여서 합금으로 만들었다.

"《인챈트》——어택, 스피드!"

녹아내린 금속을 운성강 해머로 두들겨서 합금 주괴로 형태를 잡았다.

그런 다음 식어서 굳은 지속성 미스릴 합금 주뢰를 작업대로 옮기고, 이번에는 다른 아이템을 꺼냈다.

"예전부터 쓰려고 에밀리 양에게 마련해달라고 했던 거. 쓸 기회가 드디어 왔구나. ——《합성》!"

나는 [소재상] 에밀리 양에게 부탁해서 마련해달라고 한 2등급 속성석을 지(地)속성 미스릴 합금과 합성시켰다.

그렇게 함으로써 미스릴 합금의 속성이 더욱 지속성 쪽으로 치우치게 된다.

"소재의 변질화가 일어나려나——, [마력 부여]!"

시험 삼아 [마보석]을 만들었을 때와 마찬가지로 [마력 부여]를 사용한 결과——, 지속성 미스릴 합금 주괴가 변질되기 시작했고, 다른 소재로 변화해갔다.

어스다이트 주괴 [소재]
일정 이상의 강한 지속성을 띤 주괴가 마력으로 인해 변질화한 마법 금속.

"낮에 [마력 부여]했던 느낌으로 보아 가능할 것 같긴 했는데, 정말 됐네."

그란라이트보다 상위인 마법 금속이 완성되자 내가 그렇게 중얼거렸다.

나는 어스다이트 주괴를 고화력 [마도로]에 넣고 해머를 휘둘러 형태를 바꾸어 나갔다.

난이도가 미스릴 합금 이상, 아다만타이트 미만 정도였기에 부담없이 해머를 휘둘러서 액세서리를 만들었는데, 처음 다루는 소재라 그런지 실패해버렸다.

"휴우……, 역시 처음 다루는 금속은 특성부터 파악해야겠어. 소재는 아직 남았으니까 한 번 더!"

수고가 들긴 하지만 소재는 많이 있었기에 새로 어스다이트 주괴를 준비했다.

지하 계곡 드워프의 나라에 있는 드워프 왕에게 물어보면 뭔가 알아낼 수 있을지도 모르겠다.

[연성] 센스를 가지고 있는 에밀리 양은 분해로와 연금솥, 그리고 [에센스]라는 독자적인 에너지를 사용해 어스다이트를 만들 수 있을지도 모르겠다.

그런 생각을 하며 두 번째 액세서리를 만들기 시작했다.

그리고 몇 번 실패를 거듭하면서 어스다이트의 특성을 파악한 뒤에 만족스러운 C자 모양 반지를 만들 수 있었다.

보석용 받침대를 만들어서 장식하고 표면에는 요철 부분을 만든 다음 가장자리에는 넝쿨 모양을 새겨넣었다.

"휴우, [마도로]로 덕분에 겨우 만들었구나."

나는 흐르는 땀을 닦으면서 액세서리 토대를 식히며 인벤토리와 소재를 넣어둔 아이템 박스에서 보석을 여러 종류 꺼냈다.

"액세서리의 지속성 색이 금빛 비슷한 느낌인데, 어떤 색이 어울릴까."

받침대와 보석의 색 조합을 하나씩 비교해보았다.

"마보석을 쓰면 성능이 올라가긴 할 텐데, 이 액세서리의 받침대에는 안 들어가겠지."

실제로 마보석 루비를 꺼내 반지와 비교해보니 크기 비율과 균형이 맞지 않았다.

반지 크기 보석의 한계는 중간 크기 정도. 팔찌라면 큰 보석도 사용할 수 있다.

매우 큰 보석은 무기나 방어구에 사용하는 게 적합할지도 모르겠다.

"음~. 아, 이거 괜찮은 것 같은데. 녹색 넝쿨 모양하고도 어울리고."

색 조합을 고려해서 연두색 페리도트를 고른 다음 식힌 반지 받침대에 맞춰보았다.

페리도트를 연마해서 받침대에 맞게끔 조정해 나갔다.

그리고 [장식사] 센스와 [부가술사] 센스로 추가 효과를 부여한 다음 마지막으로 뮤우에게 선물 받은 [마탄의 돌팔매]를 강화 소재로 사용했다.

"완성이다. 나만의 액세서리."

사수의 골무 [장식품] (중량 : 1)

DEF+15 MIND+15 SPEED+10

추가 효과 : [ATK 보너스] [ATK 부가] [사격 강화 (중)] [지속성 향상 (대)]

어스다이트라는 새 주괴로 만들어낸 액세서리를 보니 자연스럽게 미소를 짓게 되었고, 왼쪽 집게손가락에 끼워보았다.

"응. 걸리적거리진 않네."

은빛 반지와 비교하면 금색 같은 느낌이었기에 부드러운

인상을 풍겼다.

　개인적으로 만족스러운 액세서리를 만든 것 같아 신이 나서 공방 안을 정리했다.

　그런 와중에 작업대에 꺼내놓은 마보석 루비가 눈에 들어왔다.

　"이것도 써먹을 방법을 찾아봐야지."

　나는 그렇게 중얼거린 다음 인벤토리에 넣고 [마도로] 불을 끈 뒤 로그아웃했다.

●

　그로부터 며칠 뒤, 나는 쿄코 씨와 함께 [아트리엘]에 딸린 유리하우스에서 작업을 하고 있었다.

　"잘 크면 좋겠는데, 남국 과일."

　"이 하우스 안이라면 잘 클 거라고 보장을 받았으니 괜찮아요."

　OSO에서 오랫동안 신세를 진 농부 NPC에게 남국 과일을 재배하는데 조언을 받고 《하위변환》 스킬로 만들어낸 남국 과일 씨앗을 심었다.

　그리고 물뿌리개로 물을 주고 밭일을 마무리했을 때 마기 씨가 프렌드 통신을 보냈다.

　"아, 마기 씨에게 연락이 왔네. ——마기 씨, 무슨 일이에요?"

『윤 군, 겨우 보트의 시험제작품이 완성되었어.』

"축하드려요!"

내가 우연히 만든 것을 벌써 실용 수준으로 개량했다는 보고를 받고 역시 마기 씨는 대단하다는 생각이 들었다.

『그래서 리리하고 에밀리 같은 사람들을 불러서 외딴 섬 북쪽 해안에서 선보일 예정인데, 보러 올 수 있어?』

"꼭 보러 갈게요!"

마기 씨에게 초대를 받은 나는 [아트리엘]을 쿄코 씨에게 맡기고 공방에서 수영복 장비로 갈아입었다.

공방에 설치되어 있는 미니 포탈을 통해 외딴 섬 북쪽의 포탈로 전이한 다음, 그곳에서 해안을 향해 걸어가기 시작했다.

잠시 후 해안에 도착한 나는 모래사장에 늘어놓은 보트와 수상 바이크로 보이는 것들을 조정하고 있는 마기 씨와 리리, 에밀리 양을 발견했다.

도우미로 온 [OSO 어업조합] 멤버 네 명이 마기 씨 일행과 의논을 하고 있었다.

그곳에서 조금 떨어진 곳에는 레티아와 벨이 수영복 차림으로 해변에 깔아둔 돗자리 위에 앉아 마기 씨 일행이 작업하는 모습을 바라보고 있었다.

"앗, 윤 씨. 안녕하세요."

"윤 씨, 안녕~. 뤼이하고 자쿠로는?"

"뤼이하고 자쿠로는 소환석 상태에서 불러내지 않았거든."

"그럼 부를래? 이번에야말로 내가 푹신푹신 해볼까?"

"아마 안 될 것 같은데."

내가 거절하자 벨은 그러냐면서 바로 포기했다.

벨은 여전한 것 같은데. 싫어하는 상대에게 억지로 강요하진 않고, 그 대신 레티아의 사역 MOB들을 귀여워하기 시작했다.

"레티아하고 벨도 저걸 보러 온 거야?"

"네. 마침 라기가 토해내는 금속 실이 필요한 모양이라 넘겼을 때 초대받았어요."

그렇게 말하며 설명하는 레티아를 보고 나는 그러냐면서 맞장구를 쳤다.

그리고 내가 도착하자 의논을 마쳤는지 에밀리 양이 우리를 부르러 왔다.

"다들 기다리게 해서 미안해."

"아니, 나는 방금 온 참인데."

"저희는 딱히 신경 안 써요."

나와 레티아가 신경 쓰지 않는다고 말하자 벨도 마찬가지라며 고개를 끄덕였다.

"그렇게 말해주니 다행이네. 모두에게 설명을 한 다음에 실제로 바다에서 움직일 예정이야. 자, 보러 가자."

우리가 에밀리 양의 안내를 받으며 보트가 늘어서 있는 곳으로 가자 마기 씨와 리리가 맞이해주었다.

"윤 군하고 레티아, 벨, 와줘서 고마워. 그럼 내가 개량 보트에 대해 설명할게."

바로 설명하려 하는 마기 씨를 보니 평소보다 신이 난 것 같다는 느낌이 들었다.

우리는 조금이라도 빨리 실제로 움직여보고 싶은 것 같다며 미소를 짓고 설명을 들었다.

"이 보트──, 합성 MOB의 힘을 빌렸으니까 MOB식 엔진이라고 부를까?"

그렇게 말한 마기 씨는 우리 앞에 보라색 기운이 도는 커다란 금속 덩어리를 꺼냈다.

ㄱ자로 구부러진 금속 통 가운데가 부풀어 오른 듯한 모양이었고, 그렇게 부풀어 오른 곳에는 여닫을 수 있는 뚜껑이 있었다.

"이게 엔진 부분의 간단한 구조야. 한쪽 파이프를 배 바닥으로 빼서 물을 채우고, 이렇게 부풀어 오른 부분에서 아쿠아젤이 물을 흡수한 다음에 다른쪽 노즐에서 배출하는 거지."

ㄱ자 파이프는 물을 공급하는 쪽이 두꺼웠고, 배수하는 쪽은 분출하는 기세를 강하게 만들기 위해 서서히 좁아지는 형태였다.

"여기에 아쿠아젤을 한 마리 넣고 움직이게 하면 윤 군이 빌려준 보트 정도 크기는 안정적으로 속도를 낼 수 있어."

"오~, 대단하네요. 잠깐 봐도 괜찮을까요?"

"그래, 좋아."

나는 마기 씨가 만든 엔진 기구 금속을 받아들고 눈치챘다.

구조가 단순해서 그런지 생각했던 것보다 가볍다.

하지만 미스릴보다는 무거웠고, 색 조합을 보니 미스릴 합금인줄 알았는데 아니었던 모양이다.

"마기 씨, 이거……철이나 강철로 만든 건가요?"

"아깝네. 비슷하긴 한데……, 뭐일 것 같아?"

마기 씨는 신이 나서 미소를 지으며 되물었다.

아깝고 비슷하다. 하지만 다른 금속이 뭐가 있을까……, 머릿속으로 고민했다.

"죄송합니다. 모르겠는데요."

"정답은 [마강]이라는 새로운 제법 금속이야."

"……새로운 제법이라면, 소재의 변질화요?"

마기 씨가 마강이라는 단어를 말하자, 얼마 전 발견한 [마력 부여]를 통한 소재의 변질화가 생각났다.

"앗, 윤 군도 역시 알고 있었구나."

"아뇨, 저는 우연히 보석을 변질화시켰을 뿐이에요. 하지만 [마강]은 몰랐네요. 대단해요."

내가 솔직하게 칭찬하자 마기 씨는 새로운 소재인 [마강]에 대해 이야기하기 시작했다.

"[마강]을 만들려면 [최상질 철 주괴]에 [마력 부여]를 걸면 변질화 돼. 아마도 소재의 품질에 영향을 받는 것 같아."

"아, 역시. 그래서 [마도로]를 도입한 뒤에 만들 수 있었던 거군요."

그렇다면 소재의 변질화를 알고 있는 사람이라면 미스릴

합금을 사용해서 상위 마법금속을 만드는데 성공했을지도 모르겠다.

"이 [마강]은 무게가 철과 비슷하지만 내구도는 철이나 강철보다 높거든."

"그 [마강]은 미스릴이나 미스릴 합금보다 튼튼한가요?"

"미스릴 계열 쪽이 종합적인 성능은 압도적으로 높지. 하지만 원래 철광석이니까 이번처럼 MOB식 엔진 기구를 만들 때는 저렴하고 내구도도 그럭저럭 높으니까 딱 좋거든."

그 말을 듣고 나는 소리 내어 감탄하면서 떠안고 있던 [마강] 엔진 기구를 보았다.

"사실 이 [마강]하고 엔진 기구를 만든 노하우를 응용해서 해적이 쓰던 대포를 만들었어."

"네에?! 대포를 만들어요?!"

"아직 시험제작 제1호가 완성되었을 뿐이니까——'음! 으음! 마기찌'——리리, 미안해."

나와 마기 씨가 무심코 생산 이야기에 열중해버리자 리리가 말렸다.

"그럼 다시 MOB식 엔진하고 보트에 대해 설명할게."

마기 씨는 오늘 선보이기로 한 MOB식 보트에 대해 다시 설명했다.

"윤 군이 들고 있는 엔진 기구는 바다낚시 보트에 쓰는 거라 2,3인용이거든. 필요한 건 그것보다 큰 건데, 만드는 게 어려워서."

필요한 크기── 다시 말해 5~6명이 탑승할 수 있는 파티용 배나 길드 등의 20명용 배에 탑재하려는 모양이다.

출력 때문인지, 아니면 엔진을 여러 대 탑재해서 움직였을 때 제어 밸런스인지, 아니면 엔진 부분의 대형화로 인한 중량 증가 때문인지, 여러 가지 문제가 있을 것 같다.

"대형화할 때는 저렴한 [마강]이 아니라 미스릴을 써도 되겠지만, 미스릴 쪽은 가공 난이도가 높으니까."

그렇게 설명하던 와중에 리리가 보충 설명을 했다.

"그래도 소형화는 성공했어! 봐! 이쪽!"

리리가 손가락으로 가리킨 곳에는 바다낚시 보트 중 3분의 1 정도 숫자쯤 되는 수상 바이크 같은 것이 있었다.

"수상 바이크를 참고해서 속도에 특화된 형태로 소형화하는데 성공했어!"

엔진 부분은 조금 더 작게 만들어서 한두 명 정도가 타게끔 경량화한 다음 레벨이 높은 아쿠아젤을 넣음으로써 고속화를 실현한 것 같았다.

그리고 그 수상 바이크의 특징은 핸들이 있다는 점이었다.

"……핸들로 조종할 수 있는 거야?"

"응! 핸들의 축 부분에 와이어를 감아서 핸들을 기울이면 와이어의 좌우 길이가 바뀌고 거기에 연결된 키가 좌우로 움직이거든!"

실제로 핸들을 오른쪽으로 기울여보니 핸들 축에 감겨 있던 와이어에 연동되어 있는 수상 바이크 뒤쪽의 키가 움직였다.

"아, 방금 레티아가 협력했다는게."

"응. 이 와이어에 쓸 금속 실을 제공해줬어. 그 금속 실을 클로찌에게 짜달라고 해서 와이어로 쓰고 있고."

우리는 감탄하며 그것들을 바라보았다.

적은 인원이 탈 수 있는 MOB 보트는 완성되었고, 이제 마기 씨 일행은 대형화에 대해 연구할 모양이었다.

마기 씨는 엔진 기구의 개량과 효율화, 리리는 많은 사람이 탈 수 있는 선체 설계, 에밀리 양은 고출력을 실현할 수 있는 합성 MOB의 작성, 그렇게 서로 연계하고 있는 것 같았다.

"그럼 마지막으로, 실제로 이 MOB 보트를 바다 위에서 달리게 해볼까?"

마기 씨가 신호를 보낸 것과 동시에 도우미로 와 있던 [OSO 어업조합] 멤버들이 각각 색이 다른 수상 바이크를 타고 바다로 나가기 시작했다.

바다에는 코스를 알아볼 수 있게끔 부표가 떠 있었고, 네 명 모두가 코스의 시작 지점에 나란히 섰다.

"레이스를 통해 속도를 느껴줬으면 좋겠어. 규칙은 한 바퀴에 600미터인 코스를 세 바퀴 도는 레이스야."

"호오, 왠지 타쿠 같은 애들은 저런 걸 좋아할 것 같은데……."

새로운 놀이 방식이 하나 생겨날 것 같다.

수상 바이크를 얻어서 레이스에 참가하는 플레이어들은

수상 바이크를 자유롭게 커스터마이즈하고, 안정성이나 속도 중시, 그렇게 각자 다른 수상 바이크로 레이스를 즐길 수 있을 것 같다.

그리고 내가 상상한 것을 실제로 만들어낸 마기 씨 일행도 이미 생각하고 있는지 매우 멋진 미소를 지으며 고개를 끄덕이고 있었다.

"너희도 레이스를 해보고 싶으면 해도 돼. 아직 예비 수상 바이크가 두 대 있으니까."

"나는, 좀⋯⋯."

"저도 얌전히 견학할게요."

"그럼 내가 할래! 타보고 싶어!"

자신이 없는 나와 귀찮아하는 레티아가 사양하는 한편, 활발한 벨이 손을 번쩍 들고 참가하러 나섰다.

그리고 마기 씨의 인벤토리에서 예비 수상 바이크를 빌려서 시작 지점에 있는 네 대 사이에 끼었다.

"그럼 우리는 좀 더 가까운 곳에서 살펴보고 있을게."

마기 씨 일행이 바다낚시 보트를 타고 아쿠아젤의 반동으로 나아가자 배웅했다.

"레티아는 어떻게 할래?"

"저는 아까 있던 곳으로 돌아가서 느긋하게 견학할래요."

"그럼 나는⋯⋯."

주위를 둘러보고 시작 신호인 깃발이 보일 만한 곳을 찾다 보니 딱 괜찮은 것 같은 바위를 발견했다.

"나는 저 바위 위에서 볼래. 높은 곳에서는 잘 보일 테니까."

"그럼 나중에 봐요."

내가 레티아와 헤어진 뒤 발견한 바위 위로 올라가 마기 씨 일행에게 손을 흔들자 그쪽에서도 흔들어주었고, 마기 씨가 프렌드 통신을 보냈다.

『윤 군 모습이 보여. 그 위치에서 보이니?』

"네. 괜찮아요."

『레이스를 즐겨줘. 그럼 출발시킬게.』

그리고 마기 씨 일행의 보트가 시작 지점에 나란히 서 있는 벨과 다른 사람들의 수상 바이크 쪽으로 다가갔다.

리리가 보기 편하게끔 카운트다운 목제 판을 들어 올린 다음, 0이 된 순간 마기 씨가 깃발을 흔들며 출발 신호를 보냈다.

그 신호와 함께 아쿠아젤에게 방수(放水) 지시를 내린 사람들의 수상 바이크가 각각 달리기 시작했다.

레이스의 규칙이나 볼만한 장면 같은 건 잘 모르지만 아는 사람이 참가했기에 벨을 주목하며 레이스를 지켜보았다.

출발한 것과 동시에 가속하는 보트를 조종하며 첫 번째 커브에 들어선 벨.

처음 타보는데도 3위로 반환점을 돈 벨은 멋지게 수상 바이크를 조종하고 있었다.

"벨! 힘내!"

나는 바위 위에서 소리치며 벨을 응원했고, 다섯 사람은 치열하게 경쟁했다.

벨은 몸무게가 가볍고 체중 이동이 능숙한지 수상 바이크를 기울여서 바닥과 해수면이 닿는 부분을 작게 만들어 물의 저항을 줄이며 가속했다.

하지만 가벼운 만큼 바이크들끼리 접촉했을 때는 간단히 튕겨지곤 해서 손에 땀을 쥐는 전개를 보여주었다.

세 바퀴, 그렇게 긴 것 같으면서도 짧은 해상 코스에서는 파도를 타고 살짝 점프했다가 균형을 잃고 순위가 떨어지는 해프닝도 벌어졌기에 나는 깜짝 놀라며 살짝 비명을 질렀다.

그리고——.

"냐아아아악! 졌어어어어어!"

벨은 커브에서 가속하는 솜씨가 뛰어났지만, 한때는 꼴등으로 떨어졌다.

그 이후로 빠르게 따라잡았지만, 최종적으로는 2등으로 골인했고, 졌다며 아쉬워하고 있었다.

"한 번 더! 한 번만 더!"

"아하하, 좋아! 그럼 다시 출발 신호를 보내줘!"

벨은 그런 느낌으로 다시 레이스에 도전했고, [OSO 어업조합] 사람들과 레이스를 계속 벌였다.

"벨은 즐거워 보이네. 그러고 보니 레티아는……."

쉬고 있던 레티아 쪽을 보니 사역 MOB들이 열대 우림에서 모아온 남국 과일을 먹으면서 벨을 지켜보고 있는 것 같았다.

나도 벨과 다른 사람들이 질릴 때까지는 수상 바이크 레이스를 구경해야겠다고 생각하며 바위 위에 앉았을 때, 시야 구석에 낯익은 모습이 보였다.

[하늘의 눈]으로 포착한 플레이어들은 세이 누나와 미카즈치 일행이었고, 지도 같은 것을 펼치고 무언가를 찾는 듯이 모래사장을 돌아보고 있었다. 나는 그쪽으로 손을 흔들었다.

"이봐~, 세이 누나, 미카즈치!"

"앗, 윤이다."

세이 누나가 나를 발견하자 미카즈치 일행은 지도를 펼친 채 내가 있는 곳으로 다가왔다.

"오~, 생산직들이 재미있는 걸 하고 있네. 오, 거기다! 가라! 제쳐!"

미카즈치는 수상 바이크 레이스를 바라보면서 꼴등 플레이어를 응원하고 있었다.

"세이 누나도 마기 씨네 보트를 보러 왔어?"

다가온 세이 누나에게 내가 그렇게 묻자, 세이 누나는 곤란하다는 듯이 웃고는 고개를 저었다.

"아니. 우리는 보물을 찾다가 이 근처로 오게 되었어."

"그러니까 우연이지. 얻은 지도에서 대충 여섯 번 연속으로 꽝 보물 상자를 뽑았으니까, 이제 슬슬 어떤 비보가 숨겨져 있는지 보고 싶은데."

그렇게 말한 미카즈치는 들고 있던 '48'이라는 숫자가 적혀 있는 보물 지도를 팔랑거리며 흔들었다.

"흑흑, 분명 내 물욕 센서 때문일 거야……, 미안해."

"세이 누나가 잘못한 건 아니야. 분명히 다음에는 찾을 수 있을 테니까 괜찮아."

물욕 센서를 탑재하고 있어서 툭하면 꽝을 뽑는 세이 누나를 위로해주었다.

"뭐, 돈은 꽤 많이 벌었으니까 꽝도 나쁜 것만은 아니지. 자, 보물 상자가 있는 곳은……, 저기로군."

미카즈치는 보물 지도를 확인한 다음 보물이 있는 곳으로 다가갔다.

보물이 있는 곳이란 내가 앉아 있던 바위였고, 보물 지도를 든 사람이 다가오자 간헐적으로 떨리기 시작했다.

나는 바위에서 뛰어내리기보단 그곳에 매달려서 버티는 쪽을 선택해버렸다.

●

"잠깐, 이게 뭐야?! 무슨 일이 일어난 건데!"

흔들리는 바위에 달라붙어 있던 내 시야가 점점 높아졌고, 세이 누나와 다른 사람들이 솟구치는 바위에서 거리를 두고 이쪽을 올려다 보았다.

"보물 상자가 나타났다! 이거 당첨일지도 모르겠는데! 미니 던전이나 보스 MOB이 나타나는 패턴인가? 다들 무기를 뽑아!"

미카즈치가 외치면서 대비하는 와중에 나는 흔들림이 멈추기를 기다렸다.

"윤! 괜찮아?! 내려올 수 있어?!"

갑작스러운 상황에 바위에 매달려 멍해진 내게 세이 누나가 말을 걸었다.

"저, 저기……. 나는 어떻게 해야 할까?"

세이 누나의 목소리를 듣고 정신을 차린 나는 주위를 둘러보며 고개를 움직였다.

다음 순간, 흔들리던 발치가 멈췄고 눈앞에서 짧고 두꺼운 집게발이 올라왔다.

"……세이 누나, 이게 대체 무슨 상황이야?"

"저기……, 윤. 놀라지 말고 들어줬으면 하는데……."

그런 말을 먼저 꺼내는 세이 누나를 보니 왠지 기분 나쁜 예감이 들었기에 빗나갔으면 좋겠다고 생각했다.

"윤. 지금 거대 게 위에 있어."

"말도 안 돼~."

지금까지 초특급 MOB인 그랜드 록 등에 올라타거나 해양 생물인 황제무지벌레 등에 올라타기도 했지만, 이번에는 거대 게야? 그렇게 생각하며 먼 산을 보았다.

"세이! 저 게가 배쪽에 보물 상자를 끌어안고 있다!"

게의 등에 타고 있어서 보이지 않지만, 아무래도 세이 누나가 찾고 있던 보물 상자를 이 거대 게가 지키고 있는 것 같다.

"세이, 쓰러뜨리고 보물 상자를 얻자! 윤 아가씨는 걸리적거리니까 어서 내려와!"

"아, 알았어! 음, 높은 곳에서 뛰어내릴 거니까 [염동] 센스를 장비하고⋯⋯."

나는 갑작스러운 상황 때문에 혼란스러워하면서도 안전하게 뛰어내리기 위해 센스를 장비하던 동안 거대 게가 입으로 푸른 거품을 부글부글 토해내기 시작했다.

"윤, 어서 내려와서 안전한 곳으로 피해!"

"뭔가가 온다! 다들 대비해!"

미카즈치가 거대 게의 행동을 보고 무언가를 감지한 직후——, 거대 게는 입가의 푸른 거품을 집게발로 잘라내서 잡은 다음 머리 위로 던졌다.

그러자 날아간 푸른 거품이 분열해서 일정 범위 안에 있던 플레이어들에게 쏟아져 내렸다.

"으앗, 이게 뭐지?"

후위인 세이 누나와 피하며 거리를 벌린 미카즈치는 푸른 거품 공격에서 벗어날 수 있었지만, 거대 게의 등껍질 위에 타고 있던 나와 다른 [팔백만] 멤버들은 푸른 거품을 맞아버렸다.

그 결과——, 나는 등껍질 위에 주저앉은 채 푸른 거품 때문에 꼼짝달싹도 하지 못하게 되어버렸다.

"세, 세이 누나. 움직일 수가 없어. 구해줘⋯⋯."

"윤. 괜찮아! 바로 구해줄 테니까!"

내가 꾸물대다 보니 거대 게의 등껍질 위에서 미처 도망치지 못했다.

보아하니 거대 게의 푸른 거품은 대미지를 입히지 않고, 그 대신 일정 범위 안에 있는 플레이어들의 움직임을 막는 효과가 있는 것 같다.

그리고——.

"어? 뭐야? 움직이기 시작했어?!"

"쳇, 도망친다!"

천천히 얇은 다리를 들어 올린 거대 게는 나와 보물 상자까지 함께 게걸음으로 바다를 향해 서쪽으로 나아가기 시작했다.

"어, 어어어어……."

나는 어떻게 해야 할지 몰라서 당황해하기만 했다.

일단 거대 게는 대형 MOB이지만 전투 계열이 아니고 추적해서 보물 상자를 탈취해야 하는 이벤트 계열 MOB인 것 같았다.

거대 게의 등에 구속당한 나는 이대로 가면 어떻게 될까라는 생각에 불안해졌다.

그리고 거대 게가 나타났다는 사실을 눈치챈 레티아와 마기 씨 같은 사람들이 보트를 선보이던 것을 멈추고 세이 누나, 그리고 미카즈치와 합류했다.

"거품을 맞은 녀석들은 바로 움직일 수가 없구나! 나와 세이가 윤 아가씨와 보물 상자를 탈취할 수밖에 없겠어."

"그래도 저렇게 빠르니까 따라잡을 수가 없어!"

"그렇다면 우리 수상 바이크를 써! 1인용이지만!"

"그럼 고맙게 빌리도록 하지!"

마기 씨가 예비 수상 바이크를 꺼내 미카즈치에게 건넸다.

미카즈치가 수상 바이크를 타고 출발하자 벨과 [OSO 어업조합] 사람들도 그 뒤를 따라 해안에서 나란히 출발해서 거대 게를 쫓아왔다.

세이 누나는 마법사이기 때문에 느렸고, 따라 잡을 방법을 찾던 와중에──.

"게 전골, 게 샤브샤브, 게살 죽, 츄르릅……, 가죠, 무츠키──《소환》!"

레티아는 모래사장에 사역 MOB인 가네샤 무츠키를 소환한 다음 등에 올라탔다.

"어떻게 하실래요? 저는 이 아이하고 같이 쫓아갈 건데요. 타실래요?"

"그래도 돼? 그럼 부탁할게!"

"그럼 갈게요."

『──빠오오오오오오오오옹!』

긴 코로 세이 누나를 부드럽게 등까지 옮긴 무츠키는 크게 소리를 지르며 모래사장을 묵직한 발걸음으로 달려 쫓아갔다.

"우리는 거품에 묶인 [팔백만] 사람들을 회수한 다음에 쫓아갈게!"

마기 씨와 리리, 에밀리 양은 세이 누나와 미카즈치 일행에게 손을 흔들며 보냈다.

게걸음으로 나아가는 거대 게의 정면 쪽 바다에는 미카즈치 일행의 수상 바이크가 따라와서 나란히 달리고 있었다.

오른쪽을 보니 무츠키에 탄 세이 누나와 레티아가 서서히 거리를 좁히고 있었다.

"이봐, 나는 어떻게 되는 거야?"

우연히 휘말리긴 했지만, 거대 게는 플레이어를 적대시하려는 것 같지 않았기에 내 마음에 여유가 생기기 시작했다.

"이봐, 가능하면 나를 내려줬으면 좋겠는데……, 정말, 듣고 있긴 한 거야?"

푸른 거품에 구속당한 나는 마음대로 움직일 수 있는 손바닥으로 거대 게의 등껍질을 때렸지만 아무런 반응도 없이 계속 나아가기만 하고 있었다.

혼자서 거대 게에게 말을 거는 게 점점 허무해지기 시작했을 무렵, 미카즈치 일행이 탄 수상 바이크가 거대 게를 추월한 다음 모래사장 위로 올라섰다.

"일단 저 거대 게의 움직임을 막아!"

"윤 씨를 돌려줘!"

『『『거대 게 월척이다! 해치우고 자랑하자!』』』

앞서가서 모래사장에 진을 치고 육각곤과 창을 겨누는 미카즈치와 빠루를 겨누는 벨, 그리고 [OSO 어업조합] 사람

들이 막아섰지만, 거대 게는 아랑곳하지 않고 똑바로 직진
했다.

"하아아앗──, 《뇌염폭타》!"

"먹어라앗──, 《섬인격》!"

미카즈치가 게 걸음으로 다가온 거대 게의 다리를 육각곤
으로 내리쳤고, 투창을 갑각 틈새에 찔러넣었다.

벨은 빠루 끄트머리를 빛내며 게의 관절을 내리치기 위해
휘둘렀지만, 그 아츠의 일격도 튕겨져 나갔다.

[OSO 어업조합] 사람들도 미카즈치와 벨을 따라 거대 게
를 작살로 찔렀지만, 거대 게의 단단한 갑각에 막혀서 튕겨
져 나갔고, 오히려 몸통박치기에 맞아 날아갔다.

"으앗?! 미카즈치! 다들 괜찮아?"

공격의 충격이 등에 타고 있던 내게도 전달되었고, 미카
즈치 일행을 불러보았지만 거대 게가 계속 걸어가고 있었기
때문에 이미 뒤쪽으로 멀어진 상태였다.

"괜찮아! 그건 그렇고 쫓아가자고!"

모래사장 위에 세워두었던 수상 바이크를 탄 미카즈치 일
행이 다시 쫓아오기 시작했다.

그리고 그때──.

"어이쿠, 깜빡할 뻔했군. ──[그라비티 포인트]!"

미카즈치의 목소리가 들린 것과 동시에 거대 게의 오른쪽
몸통 일부가 검은 구체에 뒤덮였고, 갑자기 움직임이 둔해
졌다.

"이, 이건——, 암속성 마법의《스킬 인챈트》구나!"

미카즈치가 좀 전에 공격하면서 스쳐지나가며 갑각 틈새에 찔러넣은 창이 빛의 입자로 변해 사라졌다.

[팔백만]의 [인챈트] 센스 보유자가 미카즈치 창에 암속성 마법인《그라비티 포인트》스킬을《스킬 인챈트》해두어, 그것을 발동시킨 모양이었다.

"대규모 마법을 거대 게에게 날리고 싶긴 하지만 그러면 윤 아가씨도 휘말리게 될 테니까!"

"고마워, 미카즈치."

나를 배려해주고 있는 것 같아서 살짝 감동했다.

"그 대신 다음에 맛있는 술안주라도 만들어달라고!"

"먹을 거……, 윤 씨! 저도, 저도요!"

미카즈치가 그렇게 말하자 나는 어깨를 축 늘어뜨렸고, 뒤에서 쫓아온 레티아도 나섰다.

"자, 이만큼 다가왔으니 할 수 있겠어. ——《아이시클 락》!"

레티아의 무츠키를 타고 쫓아온 세이 누나는 지팡이를 높게 들어 올리고 마법을 발동시켰다.

나란히 달리며 세이 누나가 있는 쪽에 드러내고 있던 오른쪽 다리와 집게발이 얼음에 뒤덮였고, 움직임이 더욱 둔해졌다.

"이제 움직임이 더 느려졌어!"

움직임이 느려지자 돌격하는 기세가 죽었기에 등껍질에 묶여 있는 나와 배에 끌어안고 있는 보물 상자를 탈취하는 게 더 쉬워졌다.

미카즈치 일행이 수상 바이크를 타고 앞서가려 했지만, 거대 게도 그냥 당하고만 있지는 않았다.

입으로 거품을 부글부글 뿜어낸 다음 집게발로 옮겨 나란히 달리고 있던 미카즈치 일행에게 던지기 시작했다.

"다들, 거품을 피해!"

거대 게와 나란히 달리던 와중에 한 사람이 미처 피하지 못하고 푸른 거품에 몸과 수상 바이크의 핸들이 묶여서 제어불능 상태에 빠진 뒤 탈락했다.

그 이후로도 [OSO 어업조합] 사람들이 푸른 거품에 부딪혀서 탈락한 뒤 바다 위에 떠 있었다.

미카즈치와 벨은 푸른 거품을 피했고, 세이 누나와 레티아는 거리를 벌려서 피해를 입지 않고 쫓아왔다.

"쳇, 정말 껄끄러운데. 아가씨, 혼자서 도망칠 순 없어?"

"그래도 말이지……, 아니, 아, 구속이 풀렸네."

푸른 거품의 구속은 몇 분 정도밖에 지속되지 않는 건지 마음대로 움직일 수 있게 되었다.

보아하니 행동 저해 스킬에 걸려서 속도가 느려진 것 같으니 뛰어내린다 해도 대미지를 어느 정도 입기만 할 것이다.

하지만——.

"나도 뭔가 할 수 있는 거 없을까?"

"윤은 신경 쓰지 않아도 돼! 우리끼리 보물 상자를 얻을 테니까!"

"그래도 아가씨가 지금 뭔가 하기에 딱 좋은 위치에 있긴 하지."

미카즈치는 내가 한 제안을 듣고 받아들였다.

"그럼 한순간만이야! 세이 쪽에서 할 행동의 성공 확률을 높이기 위해서 한순간만이라도 거대 게의 움직임을 멈춰 봐! 그런 다음에 내가 보물상자, 고양이귀 아가씨가 윤 아가씨를 회수할 테니까!"

"윤 씨를 회수하는 건 내게 맡겨!"

"고마워, 미카즈치! 벨!"

나는 제안을 받아들여준 미카즈치와 구해주러 와준 벨에게 고맙다는 인사를 했다.

그리고 나는 거대 게의 등에 손을 대고 준비를 마쳤다.

"그럼 미카즈치, 세이 누나, 준비 됐어?"

"그래, 언제든 괜찮다!"

"우리도 괜찮아!"

나는 개시 신호가 될 만한 스킬을 발동시켰다.

"——《어스퀘이크》!"

나를 중심으로 국지적인 지진을 일으키는 마법을 발동시켰다.

원래는 흔들림으로 인해 스턴 효과나 지면에 대해 매우 뛰어난 성능을 지닌 범위마법이다.

이번에는 직접 닿은 내 손을 중심으로 거대 게의 갑각에 직접 진동을 보내 움직임을 경직시켰다.

대미지 성능은 낮지만 진동으로 인해 방어력을 관통하고 스턴 효과로 인해 거대 게의 움직임이 부자연스러워졌다.

그리고 뜻밖의 효과이긴 하지만 몸을 지탱하던 다리 끝에도 진동이 전달되어서 모래사장이 흘러내렸고, 거대 게의 다리 끝이 모래 속으로 가라앉았다.

내 《어스퀘이크》의 효과가 사라진 뒤, 거대 게의 다리가 모래사장에 가라앉았고, 스턴 상태에 걸려 있었다.

그 뒤에 행동한 사람은 레티아였다.

"우즈키——《소환》! 아쿠아 브레스!"

레티아는 거대 코끼리인 무츠키뿐만이 아니라 수룡 우즈키까지 성수화시켜서 바다에 소환했다.

불려나온 우즈키는 레티아의 지시에 따라 숨을 들이마시려는 듯이 긴 목을 젖혔고, 그 반동으로 거센 물줄기 브레스를 토해냈다.

"먼저 가마!"

물줄기가 일직선으로 거대 게의 발치에 도달했고, 얇은 다리 아래를 지나 흘러가는 와중에 미카즈치가 수상 바이크로 우즈키가 날린 물줄기를 타고 거대 게의 배쪽으로 단숨에 뛰어들었다.

그리고 미카즈치가 앞서가는 와중에 세이 누나가 지팡이를 들어 올렸다.

"간다. ——《타이달 웨이브》!"

무즈키 아래쪽 모래사장에서 대량의 물이 뿜어져 나왔고,

내 눈앞에는 거대 게보다 더 높은 해일의 벽이 생겨났다.

"어? 잠깐……, 이러면 나나 미카즈치도 휘말리는 거 아니야?!"

그리고 그 해일을 점프대삼아 거대 게의 등쪽으로 뛰어든 사람이 있었다.

"윤 씨! 내 손 잡아!"

"벨! ──윽?!"

수상 바이크로 해일을 뛰어넘은 뒤 곧바로 거대 게에 착지한 벨은 바이크 바닥을 긁어대는 소리를 내며 내게 손을 뻗었다.

나도 벨에게 손을 뻗었고, 서로가 팔을 붙잡자 벨이 힘껏 잡아당겨 수상 바이크 뒤에 태웠다.

"그럼, 탈출!"

"탈출이라니, 으이이이익?!"

거대 게의 등껍질 위에서 바이크 바닥이 거센 소리를 내며 미끄러졌고, 등껍질 반대쪽으로 힘차게 떨어지기 시작했다.

거대 게 등껍질에서 떨어진 곳에는 수룡 우즈키가 날린 물줄기 브레스의 길이 이어져 있었고, 그곳에 착지한 다음 단숨에 이탈했다.

"이걸로 내 임무는 완료!"

"벨, 고마워. 그렇지, 미카즈치는?!"

내가 거대 게를 돌아보니 세이 누나가 만들어낸 해일이

끄트머리부터 무너지는 듯이 떨어져서 거대 게를 집어삼켰고, 물의 양으로 짓누르기 시작하고 있었다.

"——《뇌염폭타》!"

그런 와중에 거대 게의 배 아래쪽으로 파고든 미카즈치는 거대 게의 얇은 다리 틈새를 지나 머리 위에서 짓누르려는 듯이 밀어닥친 대량의 물에 육각곤으로 구멍을 뚫은 다음 수상 바이크를 타고 뛰쳐나왔다.

팔로는 거대 게가 지키고 있던 보물 상자를 끌어안고 있었다.

하지만 오른손에는 육각곤, 왼쪽 옆구리에는 보물 상자를 끌어안고 있어서 바이크 핸들을 잡지 않았기에 해일에서 탈출한 뒤에는 조종하지 못하는 수상 바이크를 버리고 모래사장에 착지했다.

수상 바이크는 잠시 지그재그로 폭주하다가 탄 사람이 없다는 것을 느낀 합성 MOB 아쿠아젤이 물줄기를 멈춰서 바다 위에 떠 있었다.

"거대 게는 어떻게 되었지?"

세이 누나가 만들어낸 해일을 맞은 거대 게는 집게발을 머리 위로 올리고 쏟아져내리는 수압을 견뎌내려는 듯한 자세로 모래사장에 서 있었다.

거대 게의 등에 타고 있어서 전체적인 모습을 파악하지 못하고 있었는데, 벨의 수상 바이크를 타고 멀어지다 보니 당당한 모습을 볼 수 있게 되었다.

"다행이다. 무사했구나."

"뭐야? 윤 씨, 거대 게에게 애착이라도 생겼어?"

"어?! 아, 그럴지도 모르겠네……."

내가 중얼거린 말을 근처에 있던 벨이 들어버려서 곤란하다는 듯이 웃었다.

그리고 보물 상자를 빼앗긴 거대 게는 방어하기 위해 올렸던 집게발을 내리고 입으로 거품을 부글부글 뿜어내고 있었다.

세이 누나와 미카즈치가 경계했지만, 나는 아무렇지도 않게 거대 게 곁으로 다가갔다.

"윤! 위험해!"

"괜찮아. 갑자기 등 위에서 《어스퀘이크》를 발동시켜서 미안해. 혹시 생각이 있으면 이거라도 써줘."

내가 거대 게에게 메가 포션을 내밀자 집게발을 벌리고 내게 다가왔다.

미카즈치가 더욱 경계하는 와중에 거대 게가 포션 병을 집게발로 받아들었고, 부숴버렸다.

『…………』

거대 게의 표정을 알아볼 수는 없었지만, 흘러내리는 메가 포션을 보는 모습이 왠지 슬퍼보였다.

"포션을 먹기 힘들다면 환약이 더 나으려나?"

나는 환약 계열 회복 아이템인 [도깨비의 묘약환]을 꺼냈다.

거대 게는 환약을 집게발로 잘 집어서 입가로 가져간 뒤 조금씩 먹기 시작했다.

보아하니 환약은 먹기 편했는지 이번에는 기뻐하는 듯한 분위기가 느껴졌다.

그런데 하나로는 부족한 것 같아서 모래사장에 서른 개 정도 내려놓자 그것을 와구와구 먹는 모습이 왠지 귀여웠다.

그런 거대 게의 모습을 본 세이 누나와 미카즈치 일행도 경계를 늦추었다.

잠시 후 [도깨비의 묘약환]을 다 먹은 거대 게는 양쪽 집게발로 모래사장을 파헤치고 땅속으로 사라졌다.

"윤, 걱정했잖니."

"미, 미안해. 여러모로 걱정을 끼쳐서."

설마 거대 게 위에 타게 되거나, 함부로 거대 게에게 먹이를 줄 것이라고는 아무도 상상하지 못했던 모양이다.

"불가항력이라고는 해도 아가씨가 납치될 줄은 몰랐지. 잡혀간 공주님이 된 느낌은 어때?"

"정말, 나는 공주님이 아니거든? 그래도 구해줘서 고마워."

나는 세이 누나와 미카즈치, 그리고 벨에게 고맙다는 인사를 했고, 레티아를 돌아보니 거대 코끼리 무츠키의 등 위에 엎드려 있었다.

"……배가, 고파요."

"아~, 대형 사역 MOB을 두 마리 동시에 소환했으니까."

거대 코끼리 무츠키, 수룡 우즈키를 동시에 소환할 때 필요한 MP 대신 만복도를 꽤 많이 소비한 모양이었다.

인벤토리에 가지고 있던 음식을 건네고 차분해질 때까지 기다렸다.

그리고 잠시 후——.

"이봐~, 윤 군! 얘들아~!"

"마기 씨다! 여기~!"

거대 게의 푸른 거품을 맞고 구속당한 플레이어들과 중간에 탈락한 플레이어들을 회수한 마기 씨 일행이 다가왔다.

마기 씨 일행에게도 걱정을 끼쳐서 창피하면서도 기쁜 마음이 들었다.

거대 게를 쫓아오다 보니 어느새 외딴 섬 서쪽 근처까지 와 있었기에 그대로 시치후쿠의 [바다의 집]으로 가게 되었다.

종장   캐논포와 대미지 계산기

거대 게를 쫓아서 외딴 섬 서쪽으로 이동한 우리는 그대로 근처에 있는 [바다의 집]에서 쉬기로 했다.

"고생 많았구만. 뭐 재미있는 일이라도 있었당가?"

[OSO 어업조합] 길마인 시치후쿠가 맞이해준 [바다의 집]에는 먼저 온 손님이 있었다.

"앗, 윤 언니하고 세이 언니네!"

"사람들이 여기에 잔뜩 모이는 건 신기한데."

모래사장에서 놀기 위해 의논하고 있던 뮤우 일행과 보물지도를 여러 장 테이블에 펼쳐놓고 있던 타쿠 일행이 우리에게 말을 걸었다.

타쿠가 말한 대로 아직 외딴 섬 에리어에 상륙한 플레이어가 별로 없는 상황이었기에 한곳에 이렇게 많은 사람들이 모이니까 신기한 것 같다.

"다들 서 있지 말고 쉬다 가지 그려?"

시치후쿠가 그렇게 말하자 우리는 적당한 자리에 앉았고, [OSO 어업조합] 멤버들은 가게 안쪽으로 가서 [바다의 집]을 도우러 나섰다.

"저기, 저기. 윤 언니. 오늘은 무슨 일이 있었어?"

"오늘은 타쿠하고 탔던 그 보트의 개량판을 선보이는 날이었어. 그러다가 보물을 찾던 세이 누나 일행하고 합류해서 같이 이쪽으로 온 거야."

내가 그렇게 설명하자 뮤우의 눈이 반짝였고, 타쿠가 흥미롭다는 듯이 이야기에 귀를 기울였다.

"너희도 신경 쓰이면 볼래? 아직 개량의 여지가 있는 시험제작품이니까 의견 같은 걸 말해주면 좋겠는데."

"마기 씨, 감사합니다. 꼭 부탁드릴게요! 우리도 보러 가자!"

"나도 흥미가 있는데. 잠깐 보고 올까."

두 번째로 보트와 수상 바이크를 선보이기 위해 마기 씨와 리리, 에밀리 양이 뮤우와 타쿠 일행을 데리고 [바다의 집] 정면에 있는 모래사장으로 걸어갔다.

레티아와 벨은 대형 사역 MOB을 소환하고 거대 게를 쫓아가느라 지쳤는지 [바다의 집] 가장자리에 앉아서 시치후쿠네가 만든 요리를 먹으며 쉬고 있었다.

그리고 나는 세이 누나 일행과 같은 자리에 앉아서 미카즈치가 거대 게에게 빼앗은 다음에 아직 열지 않은 보물 상자를 꺼내는 모습을 보고 있었다.

"자, 드디어 기다리고 기다리던 보물 상자를 열어보실까."

"이번에야말로, 이번에야말로, 부탁이야."

세이 누나는 그 보물 상자 앞에서 간절하게 기도하고 있었다.

다른 멤버들도 이번에는 꽝이 나오지 말라는 듯한 표정을 보였고, 내가 그 모습을 지켜보고 있자니 미카즈치가 보물 상자를 열었다.

"어? 이건……"

"저기, 미카즈치. 뭐가 들어 있어?"

불안한 기색을 보이며 물어본 세이 누나에게 미카즈치가 어두운 표정을 지었다.

"안에…… 아무것도 없어!"

"어? 말도 안 돼?! 정말?!"

꽝 상자조차 아니라는 말을 들은 세이 누나가 벌떡 일어섰고, 나와 다른 [팔백만] 파티 멤버들도 몸을 일으켰다.

미카즈치는 갑자기 어두웠던 표정을 실실 거리는 표정으로 바꾼 뒤 보물 상자 안에서 기조색이 검은색과 보라색이고 어깨가 드러난 서머 드레스를 꺼내보였다.

"농담이야. 이번에는 당첨이라고. [해적왕의 비보]야."

"정말! 미카즈치!"

"아하하, 멋진 표정이었어!"

미카즈치가 장난을 치자 세이 누나가 화를 냈고, 나와 [팔백만] 파티 멤버들은 힘이 빠져서 다시 앉았다.

한참 세이 누나에게 혼나던 미카즈치는 세이 누나에게 서머 드레스를 건넸다.

"자, 이걸 받고 진정해."

"정말……, 그건 그렇고 예쁜 드레스구나."

치마는 짧지만 그것을 덮고 있는 시스루 재질이 2중 치마처럼 펼쳐져 있고, 군데군데 푸른 빛깔 작은 보석이 장식되어 있었다.

여름을 없애는 서머 드레스 [방어구]

DEF+30　MIND+60

추가 효과 : 물리 내성 (중), 열기 대미지 무효

『이건 이 몸의 48번째 보물이다. 이걸 우리 부인에게 입혀주고 싶은데, 그 녀석은 부끄러워한단 말이지. 이 섬은 더우니까. 이걸 입으면 좀 편해질 것 같아서 훔쳐왔는데, 괜히 고생만 한 것 같다.』

세이 누나가 받아든 서머 드레스의 아이템 스테이터스를 나도 보여달라고 했다.

"48번째 비보구나. 방어구 성능은 그럭저럭이고. 그런데 [열기 대미지 무효]라는 추가 효과는 처음 보았거든. 무슨 효과일까?"

"아마 화속성 내성이나 내열 효과가 합쳐진 상위 추가 효과 아닐까?"

세이 누나와 미카즈치 일행이 화산과 지하 같은 [열기 대미지]가 심한 곳에서 매우 뛰어난 효과를 발휘할 것이라는 이야기를 나누는 와중에 나는 다른 곳에 주목했다.

"이 설명 문구도 재미있네."

해적왕이 애처가였나? 내가 그렇게 중얼거리자 세이 누나와 미카즈치 일행이 나를 따스한 눈빛으로 바라보았다.

"응? 왜 그래? 내 얼굴에 뭐라도 묻었어?"

"아니, 윤이 귀여운 것 같아서."

왠지 모르겠지만 세이 누나가 칭찬해주었기에 고개를 갸웃거렸다.

그렇게 왠지 느슨해진 분위기를 바로잡으려고 미카즈치가 손뼉을 한 번 친 다음 이야기를 꺼냈다.

"자, 이 [해적왕의 비보]는 어떻게 나눌까?"

이 서머 드레스는 보물 상자에 한 벌만 들어있었다.

그래서 잘 나누거나 합의를 봐서 해결할 필요가 있는데——.

"우리는 처음에 거품을 맞은 다음에 움직이지 못해서 도움도 안 되었으니까." "그리고 지금까지 얻은 보물 상자도 돈하고 환금 아이템을 공평하게 나눴으니까." "우리는 남자라서 드레스를 받아도 곤란한데." "이하동문."

그런 느낌으로 세이 누나와 미카즈치 말고는 [해적왕의 비보]가 필요없다고 말했다.

"그렇다는데. 나한테는 그 드레스가 어울리지도 않을 테니 세이에게 양보할게."

"어? 그래도 돼?"

"그래, 그 대신 다음 비보는 우리가 우선 챙길 거야."

그렇게 농담을 하는 듯이 웃는 미카즈치를 보고 세이 누나가 기쁜 듯이 미소를 지으며 서머 드레스를 끌어안았다.

"고마워. 미카즈치……, 다들."

"자, 모처럼 얻었으니까 입어보는 건 어때?"

"그래. 한번 입어봐야지."

세이 누나는 일어서서 메뉴로 장비를 교체했다.

그리고 평소에 쓰던 망토 차림에서 헐렁한 서머 드레스 차림으로 갈아입었다.

어깨와 등이 드러나 있고 헐렁한 서머 드레스 차림인 세이 누나는 평소보다 조금 어린 느낌이 들었다.

"역시 성능을 따지면 평소에 쓰던 방어구가 더 나으려나? 그래도 디자인이나 착용감은 좋고, 시원해서 기분이 좋아."

세이 누나는 종합적으로는 평소에 쓰던 방어구가 더 뛰어나다고 생각했지만, 착용감이 좋아서 그런지 더 입고 있을 생각인 것 같았다.

잘 살펴보니 옷 끄트머리에 비쳐보이는 것처럼 꽃 문양이 드러나 있어서 남국 다운 느낌이 났다.

"세이 누나하고 어우리네. 드레스의 자잘한 부분 장식이 예쁜데."

"그렇게 칭찬해주다니……, 윤도 입어볼래?"

내가 세이 누나의 서머 드레스를 칭찬하자 세이 누나가 그렇게 물어보았다.

"내가 입고 싶어서 칭찬한 게 아니라, 그냥 그런 생각이 들었을 뿐이야!"

내가 허둥대며 변명하자 세이 누나는 조금 아쉬워했다.

"윤에게도 어울릴 것 같았는데……."

"세이 누나……."

내가 세이 누나를 째려보자 미안하다면서 쓴웃음을 짓고 사과했다.

"그러고 보니 아가씨는 [해적왕의 비보]를 얻었어?"

"응. 수수한 액세서리하고 강화 소재 하나. 강화 소재는 뮤우가 선물해줘서 액세서리를 만들 때 썼어."

"그럼 비보를 발견하면 정보 공유 좀 부탁하지."

"그 정도는 상관없어."

나는 방어 계열 액세서리인 [불굴의 돌]과 강화 소재인 [마탄의 돌팔매]를 사용해서 만든 [사수의 골무]를 보여주고 효과를 설명했다.

세이 누나, 미카즈치와 정보를 교환하다 보니 갑자기──퍼엉, 폭음과 진동이 근처에서 울렸다.

마치 가까운 곳에서 불꽃놀이를 하는 것 같은 소리를 듣고 세이 누나, 미카즈치 일행과 함께 [바다의 집]을 뛰쳐나갔다.

●

[바다의 집]에서 뛰쳐나온 우리가 본 것은 하얀 연기를 뿜어내고 있는 보랏빛 통 형태의 금속 덩어리와 커다란 구멍이 뚫린 새까만 모노리스였다.

커다란 구멍이 뚫려 있는 그 오브젝트는 점점 구멍을 메꾸는 것처럼 재생했고, 새까만 표면에 하얀 글자로 '7530'이라는 숫자가 떴다.

그 두 오브젝트 앞에서 보트와 수상 바이크 시험제작품을 보러 나와 있었던 뮤우와 타쿠, 마기 씨 일행이 환호성을 지르고 있었다.

"아, 캐논포를 시험 발사해볼 수 있어서 다행이야. 설마 타쿠 군네가 공격을 수치화하기 편한 [해적왕의 비보]를 얻었을 줄은 몰랐네."

"저도 [모노리스 캘큐레이터]를 써보고 싶었으니 이해가 일치했던 거죠."

보아하니 새까만 모노리스는 타쿠가 가지고 있는 [해적왕의 비보]인 것 같았다.

"마기 씨의 캐논포는 대미지가 크네! 좋았어! 나도 질 순 없어! 누가 제일 큰 대미지를 입힐 수 있는지 승부하자!"

내가 멍하게 서 있자니 뮤우와 타쿠 일행이 차례차례 재생된 모노리스에 공격을 가했고, 그 대미지가 수치화되었다.

"앗, 윤 군도 보러 왔어?"

"저기……, 그게 뭐죠?"

"그, 보트를 선보였을 때 말했던 마강제 대포……라고 해야 하나, 캐논포. 그걸 시험 발사할 표적으로 타쿠 군의 대미지 수치를 잴 수 있는 아이템을 쓰고 있어."

내 눈앞에서 뮤우가 자기 강화 스킬을 사용해서 스테이터스를 강화시킨 다음 애용하는 한 손 검을 들어 올렸다.

"하아아아아앗, 《매직 소드》──, 컨센서스 레이!"

뮤우의 한 손 검에 여러 줄기의 수렴광선을 한데 모은 광속성 상급 마법이 깃들었다.

"[릴리즈]──《그랜드 슬래시》!"

검에 담은 마법을 해방시켜 거대한 수렴광선을 두른 장검으로 모노리스를 향해 아츠를 날렸다.

아츠가 실린 수렴광선은 모래사장을 가르고 바다 일부까지 갈랐고, 물기둥이 솟구쳤다.

모노리스에 뜬 대미지는── '6080'이었다.

"으, 마기 씨의 캐논포에게 졌어."

"아니, 아니, 충분하지 않을까? 기준이 어느 정도인지는 모르겠지만⋯⋯"

자신의 스킬과 아츠가 대미지를 얼마나 입힐 수 있을지 알고 싶다는 생각에 이곳에 있던 모든 플레이어들이 차례대로 공격을 가하기 시작했다.

히노는 순수한 파워 파이터이기 때문에 자기 강화와 강력한 아츠로── '8070', 캐논포를 뛰어넘는 대미지를 입혔다.

미카즈치가 뮤우와 거의 비슷한 '6090' 대미지를 입혔다.

그리고 마법사 중에서 높은 대미지를 입힌 사람은 뜻밖에도 뮤우 파티의 리레이와 타쿠 파티의 마미 씨였다.

각각 '5400', '5200'으로 뛰어난 순간 화력을 지니고 있다.

반대로 타쿠와 세이 누나, 간츠처럼 공격횟수나 기교 계열 플레이어는 일격의 대미지로는 좋은 결과를 내지 못했다.

하지만 일정 이산 이내의 대미지 합계 등으로 조건을 바꾼다면 많은 공격횟수로 인해 연쇄 보너스를 받게 되니 장기적으로는 대미지 효율이 달라질지도 모르겠다.

"1등이 ATK 특화인 히노고, 그 다음이 마기 씨의 캐논포. 그리고 순간 화력이 강한 사람이 뮤우와 미카즈치, 리레이와 마미 씨구나."

"윤, 너도 해볼래? 자기 공격력이 얼마나 강한 위력을 지니고 있는지 궁금하잖아."

내가 대미지를 관찰하고 있자니 타쿠가 대미지 레이스에 참가하라고 권했다.

"규칙은 매우 짧은 시간의 순간 화력. 쓸 수 있는 건 뭐든지 쓴다. 너라면 좋은 결과를 낼 수 있을 것 같은데?"

"그런가? 뭐, 시험 삼아 해볼까?"

나는 한 발짝 앞으로 나서서 모노리스 정면에 섰다.

생산직이긴 하지만, 마기 씨의 마강 캐논포 결과를 보니 혹시나——, 그런 시선이 내게 쏠렸다.

나는 [활], [장궁], [마궁] 같은 활 계열 센스를 장비해서 무기 센스의 대미지 보정 중첩을 노렸고, 방어구를 수영복 장비에서 오커 크리에이터로 갈아입었다.

"《인챈트》—— 어택, 인텔리전스! 《커스드》—— 디펜스, 마인드!"

우선 인챈트로 나 자신을 강화시키고, 커스드로 모노리스를 약체화시킨다.

"《엘레멘트 인챈트》—— 웨폰!"

인벤토리에서 꺼낸 속성석을 부숴서 장궁에 토속성 인챈트를 건다.

이 시점까지는 평소와 마찬가지였다.

"자쿠로——,《소환》!《빙의》!"

나는 소환석에서 자쿠로를 불러낸 다음 내게 빙의시켜서 스테이터스를 상승시켰다.

"——[독약]."

내가 독약을 마시고 스스로 HP를 줄이기 시작하자 주위에서 수상쩍은 눈치를 보기 시작했다.

"——[사수의 골무], [불굴의 돌], [궁서의 저주 방어구]. 나머지 칸에 ATK 강화 범용 액세서리."

HP가 1만 남은 상태로 버틸 수 있는 [불굴의 돌]과 HP가 일정 이하로 내려가면 공격력이 올라가는 [궁서의 저주 방어구]라는 유니크 액세서리를 조합해서 장비하고, [독약]으로 HP를 줄여서 공격력을 높인다.

"ATK 상승 계열 요리하고 [강화 환약]."

요리 효과로 ATK+10, 강화 환약으로 ATK+13이 올랐다.

"운성강 화살하고 [마법약 : 경화약]."

독 때문에 HP가 계속 줄어드는 동안에 금속제 화살인 [운성강 화살]을 토속성 마법약으로 적신 천으로 닦아 일시적으로 지속성을 부여했다.

원래《엘레멘트 인챈트》와 마법약은 비슷한 계열 강화이기 때문에 효과가 높은 쪽만 적용된다.

하지만《엘레멘트 인챈트》를 걸 수 있는 건 무기뿐이지만, 마법약은 무기와 소모품, 양쪽 다 가능하다.

그래서 무기인 장궁에는 《엘레멘트 인챈트》를, 소모품인 금속 화살에는 마법약을 사용해서 각각 다른 대상을 강화시킴으로써 가성비는 안 좋지만 효과를 중첩시킬 수 있다.

　그리고 드디어 내 HP가 1에서 멈췄다.

　"——《궁기 · 단발꿰기》. ——[익스플로전]."

　자기 강화를 최대치까지 진행한 나는 가장 익숙한 활 계열 아츠를 사용했다. 그리고 운성강 화살에 《스킬 인챈트》 한 《익스플로전》을 해방시키며 날렸다.

　강화 상태로 날린 화살의 반동으로 인해 뒤쪽으로 쓰러질 뻔한 나를 빙의한 자쿠로가 모래사장에 꼬리를 박고 몸에 걸린 반동을 억눌렀다.

　한순간에 날아간 화살은 모노리스에 꽂힌 뒤 거센 폭발을 일으켰고, 해안의 모래를 휩쓸며 커다란 크레이터를 만들어냈다.

　"앗——"

　그리고 모노리스의 숫자를 확인하기도 전에 몸이 기울었고, 내 시야가 어두워졌다.

　장궁을 사용할 때는 DEX 같은 스테이터스가 부족하면 반사 대미지를 입는 경우가 있다.

　한계치까지 강화하기 위해 남은 HP를 1까지 줄였던 나는 그 반사 대미지를 입고 HP가 0이 되어 쓰러졌다.

　내가 어두워진 시야의 메뉴로 소생약을 써서 일어나자 뮤우와 세이 누나, 타쿠 같은 사람들이 걱정스럽게 나를 들여다보고 있었다.

내게 빙의해 있던 자쿠로는 내가 쓰러져서 빙의 상태가 풀린 뒤 소환석으로 돌아간 모양이었다.

그리고 소생하자 내게 부여되어 있던 각종 인챈트 등의 강화가 사라졌고, [HP 회복 불가]라는 추가 효과가 있는 [궁서의 저주 방어구]도 강제로 해제되어 있었다.

[소생약]의 회복과 [궁서의 저주 방어구]의 회복 불가능 효과가 모순되지 않게끔, 쓰러지면 장비가 해제되는 식으로 되어 있는지도 모르겠다.

"윤 언니, 괜찮아?"

뮤우가 걱정스럽게 말을 걸자 나는 고개를 들고 곤란하다는 듯이 웃었다.

"처음 시험해봤는데, 바로 죽어버리니까 실용성이 전혀 없네. 그런데, 결과는——."

내가 화살을 날린 모노리스를 보니 크게 파인 모래사장과 커다란 구멍이 뚫린 모노리스가 있었다.

그리고 재생된 모노리스에 뜬 숫자는—— '7610'이었다.

"으으, 윤 언니에게 대미지 레이스로 졌어……!"

"그렇게 어리던 윤이 많이 성장했네……, 누나로서 기뻐."

"설마 윤 군이 캐논포와 동등한 화력을 낼 수 있을 줄은 몰랐어. 솔직히 생산직으로서 좀 진 것 같은 기분이야. 윤 군, 축하해."

예상했던 것 이상의 결과에 멍해진 나를 보고 뮤우와 세이 누나, 마기 씨 같은 사람들이 제각각 말을 걸어서 당황했다.

그리고 또 하나, 나를 당황하게 만든 요소로 이런 알림도 떴다.

──활 계열 아츠의 규정 횟수 이상 사용, 그리고 아츠 사용시에 일정 이상의 대미지를 입혔으므로 상급 활 아츠, 《강궁기 · 산 무너뜨리기》를 습득하였습니다.

캐논포에 필적하는 일격을 날리자 새로운 아츠를 얻었다.

원래는 레벨을 더 올려서 스테이터스가 올라가면 자연스럽게 얻을 수 있었겠지만, 왠지 억지스러운 방법으로 습득해버린 모양이다.

보아하니 《강궁기 · 산 무너뜨리기》는 《궁기 · 단발꿰기》의 상위 아츠인 모양이라 단순한 일격이지만 강해서 써먹기 편할 것 같았다.

그리고 사람들에게 칭찬받는 동안 한 번 더 모노리스를 향해 화살을 날리기로 했다.

이번에는 실용적인 범위로만 강화시킨 《궁기 · 단발꿰기》를 사용했다.

그 결과는── '2500', 내 최대 대미지의 약 3분의 1이었다.

"뭐, 이게 내 진짜 실력이지."

그렇게 중얼거리면서 쓴웃음을 지었지만, 주위 사람들의

반응은 조금 달랐다.

인챈트의 가능성, 스테이터스 상승 계열 아이템의 가능성을 느낀 사람들은 자신의 순간 대미지 기록을 갱신하기 위해 다시 도전했다.

그리고 일격의 화력 측정에서 시간 단위 대미지, 파티의 연계 공격 대미지, 매직 젬 같은 대미지 아이템으로 입힐 수 있는 대미지 측정 등, 여러 조건으로 대미지를 계산하기 시작했고, 나는 그런 모습을 [바다의 집] 처마 아래에서 바라보았다.

눈앞에는 플레이어들의 공격을 연달아 받고 계속 재생되는 모노리스와 그 여파로 인해 헤집어진 모래사장이 있었다.

하지만 모래사장이 일정 이상 헤집어지면 커다란 파도가 모래사장을 뒤덮은 다음 헤집어진 장소를 다지는 모습을 보니 역시 판타지라는 생각이 들었다.

그렇게 커다란 파도를 뒤집어쓰고 꺄악거리며 즐거워하는 뮤우 일행의 목소리.

이 외딴 섬 에리어는 아직 북쪽과 서쪽 가장자리만 탐험했다.

동쪽과 남쪽, 그리고 섬 주변, 강적이 나타난다는 섬의 중심부.

이 외딴 섬 에리어를 전부 즐기려면 여름만으로는 부족할지도 모르겠다는 생각이 들었다.

그리고 모노리스처럼 아직 보지 못한 재미있는 [해적왕의 비보]를 상상해보았다.

——스테이터스——

NAME : 윤

무기 : 검은 소녀의 장궁, 볼프 사령관의 장궁

보조무기 : 마기 씨의 식칼, 고기 써는 식칼 중흑, 해체식칼 창무

방어구 : CS No.6 오커 크리에이터 (하복, 동복, 수영복)

액세서리 장비 한계 용량 (3/10)

· 페어리 링 (1)

· 대신하는 보옥의 반지 (1)

· 사수의 골무 (1)

예비 액세서리 일람

· 몽환의 주민 (3)

· 원예지륜구 (1)

· 도어부의 철륜 (1)

소지 SP 32

[마궁 Lv30] [하늘의 눈 Lv33] [간파 Lv43] [강력 Lv3]

[준족 Lv36] [마도 Lv37] [부가술사 Lv15] [장식사 Lv5]

[요리인 Lv23] [조교 Lv44] [연성 Lv12] [수영 Lv20]

대기

[활 Lv55] [장궁 Lv45] [대지속성 재능 Lv21] [염동 Lv17]

[조약사 Lv31] [언어학 Lv28] [등산 Lv21] [생산직의 소양 Lv35]

[신체내성 Lv5] [정신내성 Lv15] [잠복 Lv7] [선제의 소양 Lv17]

[급소의 소양 Lv15] [낚시 Lv3]

· 해역을 돌파하고 해적 소탕 퀘스트를 달성하여 남쪽 외딴 섬 에리어에 상륙했다.

· MOB식 엔진의 원형을 만들었다.

· 해적왕의 비보 [불굴의 돌], [마탄의 돌팔매]를 얻었다.

· 새로운 기술 [마력 부여]를 이용한 [소재의 변질화]와 [마보석 : 루비]를 얻었다.

· 새로운 아츠 [강궁기 · 산 무너뜨리기]를 습득했다.

처음 뵙는 분, 오랜만에 뵙는 분, 안녕하세요. 아로하자초입니다.

이 책을 읽어주신 분, 담당 편집자인 O 씨, 작품에 멋진 일러스트를 마련해 주신 유키상 님, 그리고 출판되기 전부터 인터넷에서 제 작품을 봐주신 분들께 감사드립니다.

OSO 시리즈는 현재 드래곤 에이지에서 하니쿠라운 선생님의 코미컬라이즈 버전이 연재되고 있습니다. 코미컬라이즈를 통해 큐트한 코믹 버전 윤 일행의 활약이나 귀여운 모습을 볼 수 있습니다.

또한 제 작품으로『몬스터 팩토리』시리즈도 있으니 그쪽도 읽어주시면 좋을 것 같습니다.

이번에는 작가와 독자분들께서 기다리셨을 수영복 편을 쓸 수 있었습니다.

사실 13권쯤 쓰고 싶었습니다만, 그때 회의를 하면서 담당 편집자 O씨가 한 마디──'계절감을 중요하게 생각합시다'라고 했습니다.

11권에서는 길드 [OSO 어업조합]이 갤리온을 만들기 시작했고, 12권에서는 레티아의 새로운 파트너로 수룡 우즈키가 나왔으니 거기에 맞춰서 계절감과는 상관없이 물가 이야기를 넣고 싶다는 생각을 하고 있었습니다.

하지만 '계절감을 중요하게 생각합시다'라는 조언을 받은 결과——, 계절감을 맞추기 위해서 작중 3월인 13권에서는 미리 하는 꽃구경, 작중 4월인 14권에서는 준 기념일 이벤트, 작중 5월인 15권에서는 골든 위크의 대규모 원정 내용이 들어가게 되었습니다.

작중 6월인 16권에서 드디어 수영복 편을 넣을 수 있게 되었고, 이 수영복 편은 17권까지 이어지는 상하권 같은 구성으로 진행할 예정입니다.

부디 다음 권도 기대해주셨으면 합니다.

앞으로도 저, 아로하자초를 잘 부탁드립니다.

마지막으로 이 책을 읽어주신 독자 여러분께 다시 감사의 말씀 드립니다.

다시 여러분을 만나게 될 날을 기대하겠습니다.

2018년 11월 아로하자초

안녕하세요. 천선필입니다.

온리 센스 온라인 16권, 재미있게 읽으셨는지 모르겠습니다.

이번 16권은 그동안 꾸준히 언급되어 왔던 갤리온이 드디어 완성되어 바다로 모험을 떠나는 내용이었습니다. 그런데 역시 윤답게 모험만 즐기는 것이 아니라 생산 쪽에도 한눈을 파는(?) 모습이 인상적이었던 것 같네요. 그게 이 작품의 특징이자 매력이라고도 할 수도 있을 것 같다는 생각도 듭니다.

16권의 무대이자 메인 컨텐츠라 할 수 있는 바다는 게임을 만들 때 항상 고민하게 만드는 요소인 것 같습니다. 아무래도 플레이어들이 컨트롤하는 캐릭터는 인간 기반일 수밖에 없고, 인간은 물속에서 사는 동물이 아니기 때문이죠. 그래서 특수한 경우가 아니면 아예 접근할 수가 없게끔 설정하거나 지속적으로 대미지를 입히는 구역으로 설정하기도 하고, 특수한 탈것을 통해서만 이동할 수 있게끔 만들기도 합니다.

그런 점에서 OSO의 바다는 비교적 너그러운 편이라 할 수 있을 것 같습니다. 주인공인 윤이 초반부터 익혔던 수영 센스도 있고, 오랜 시간을 들여 만든 갤리온이라는 탈것도 있어서 이동하는데 큰 불편함이 없으니까요. 그런 상황을 내버려 두면 육지와 다를 게 없어지기 때문에 웨이브 시스템 같은 것들을 등장시킨 것 같기도 합니다. 그래도 역시 바다가 매우 가혹한 환경이 아니라는 점, 그리고 그런 환경에서 비교적 느긋하게 모험을 즐기면서 생산에 대한 힌트 등을 얻어가는 내용을 보니 역시 이 작품답다고 생각했습니다.

게임을 다루는 작품을 번역하다 보면 아무래도 제가 게임회사에 다니면서 게임을 만들 때가 생각나는 것 같습니다. 비슷한 컨텐츠와 그것들을 만들 때 고민했던 기억들이 떠오르면 정말 정겨운 느낌이 들곤 하죠. 앞으로는 또 어떤 정겨운 추억을 떠올리게 해줄지 기대됩니다.

그런 생각을 하며 이번 온리 센스 온라인 16권 번역을 마쳤습니다. 여러분께서는 다 읽으시고 어떤 느낌이 드셨는지, 어떤 생각을 하셨는지 궁금하네요.

감사의 말씀 드리고 후기를 마치려 합니다.
항상 고생이 많으신 담당 편집자분과 소미미디어 관계자 여러분, 아직까지 간간히 연락을 주고받는 전 회사 동료들, 그리고 하루가 다르게 쑥쑥 크고 있는 조카를 보며 즐거운 시간을 보내고 있을 가족들에게 감사드립니다.

그리고 그 누구보다 이 책을 읽어주신 독자 여러분. 진심으로 감사드립니다. 제가 이렇게 번역을 마치고 후기를 쓸 수 있게 된 것은 독자분들 덕분이라 생각합니다. 앞으로도 즐겁게 보실 수 있게끔 노력하겠습니다.

다음 17권은 16권에서 바로 이어지는 내용이 될 것 같습니다. 이번 16권에서 나오지 못한 외딴 섬의 나머지 영역을 다루게 되지 않을까 하는 생각이 드네요. 기대하셔도 좋을 것 같습니다.

항상 행복하시고 건강하시길 바랍니다.
감사합니다.

천선필

Only Sense Online Vol.16
©Aloha Zachou, Yukisan 2018
First published in Japan in 2018 by KADOKAWA CORPORATION, Tokyo.
Korean translation rights arranged with KADOKAWA CORPORATION, Tokyo.

온리 센스 온라인 16

2020년 9월 8일 1판 1쇄 인쇄
2020년 9월 15일 1판 1쇄 발행

저　　　자 아로하자초
일 러 스 트 유카상
옮 긴 이 천선필
발 행 인 유재옥
본 부 장 조병권
편집부장 성명신
담당편집자 김민지
편집 1팀 정영길 김민지 조찬희
편집 2팀 김다솜 이본느
편집 3팀 오준영 곽혜민 김혜주
미　　　술 김보라 서정원
라이츠담당 김슬비 한주원
디 지 털 박상섭 이성호 최서윤
인쇄제작처 코리아피앤피
발 행 처 ㈜소미미디어
등　　　록 제2015-000008호
주　　　소 서울시 마포구 토정로222, 403호(신수동, 한국출판콘텐츠센터)
판　　　매 ㈜소미미디어
마 케 팅 한민지 이주희 우희선
물　　　류 허석용
전　　　화 편집부 (070)4164-3962, 3963 기획실 (02)567-3388
　　　　　　판매 및 마케팅 (070)4165-6688, Fax (02)322-7665

ISBN 979-11-6507-990-1
ISBN 979-11-5710-083-5 (세트)